Temporada de zopilotes

Temporada de zopilotes

Paco Ignacio Taibo II

Planeta

Diseño de portada: Marco Xolio

© 2009, Paco Ignacio Taibo II

Derechos reservados

© 2009, Editorial Planeta Mexicana, S.A. de C.V.
Avenida Presidente Masarik núm. 111, 2o. piso
Colonia Chapultepec Morales
C.P. 11570 México, D.F.
www.editorialplaneta.com.mx

Primera edición: abril de 2009
ISBN: 978-607-07-0116-0

Impreso en los talleres de Litográfica Ingramex, S.A. de C.V.
Centeno núm. 162, colonia Granjas Esmeralda, México, D.F.
Impreso y hecho en México – *Printed and made in Mexico*

*Para José Emilio Pacheco,
con quien comparto curiosidades y
pasiones por la historia de México.*

«Todo el mal que puede desplegarse en el mundo se esconde en un nido de traidores».

FRANCESCO PETRARCA

Los zopilotes (*Coragyps atratus*) son aves carroñeras que en zonas urbanas también se alimentan de basura. Con las alas abiertas llegan a medir metro y medio; de aguda vista y pico curvo, cabeza y cuello grises, con plumaje negro.

Un testigo afirmó que durante febrero de 1913, viniendo de quién sabe dónde, aparecieron por la ciudad de México miles de ellos.

1

«No se puede ser la mitad de bueno»

Francisco I. Madero

Gustavo, su hermano, que no tenía pelos en la lengua, por eso Pancho Villa lo quería tanto, solía decir: «De todos los Madero, fueron a elegir presidente al más tonto», medio en broma cariñosa, medio en terrible confesión. Tonto no, pero insoportablemente naíf a veces. Pancho, el presidente, llamado por sus enemigos (y en aquellos días del inicio de 1913, lo eran muchos): *el Enano del Tapanco* y *el Presidente Pingüica* (medía un metro con 48) parecía soportar estoicamente el vendaval que su revolución, una experiencia a tercias, a medias con suerte, había desatado. Habría que decir en su desahogo que era más bueno que el pan y que no bailaba mal. Espiritista practicante y adicto al vegetarianismo, convencido de que había mucha menos mala fe en el mundo de la que obviamente existía, había intentado conciliar con todos y así le había salido.

Como diría Tolstoi, al que Francisco Ignacio Madero seguramente había leído: «No se puede ser la mitad de bueno».

Pero no simplifiquemos. Hay abundante nobleza en el personaje. No le falta razón al historiador coahuilense Roberto Orozco cuando dice que Pancho era a la vez «sencillo y complejo». Un hombre que poseía una extraña mezcla de bondad, inocencia, tenacidad y valor civil y físico. Sin duda, todo eso no bastaba.

Sus ex compañeros maderistas con Vázquez Gómez a la cabeza se le habían rebelado, Pascual Orozco en Chihuahua también, Zapata, que exigía el cumplimiento del Plan de Ayala y el reparto de las tierras de las haciendas a sus verdaderos dueños, estaba en armas en una guerra de guerrillas que parecía eterna. Madero había dejado a Pancho Villa en la cárcel a causa de un crimen que no había cometido y por más que éste se empeñó en enviarle cartas en las que le contaba de conspiraciones de espadones militares, no le hizo caso; Villa se había fugado y estaba triste, solo y desesperado en el exilio, enojado porque *el Chaparro* no había hecho caso a la frecuente advertencia: «Te van a matar esos curros».

¿Y quiénes eran los curros que lo querían matar? De todas las conspiraciones en marcha –y eran varias– la más peligrosa para el régimen maderista surgido a la caída de la dictadura de Porfirio Díaz, se había iniciado en La Habana en octubre de 1912 en una reunión en la que participaron el general Manuel Mondragón, el diputado y general en retiro Gregorio Ruiz y el ingeniero Cecilio Ocón, un joven mazatleco de madre inglesa y familia de oligarcas, que había sido extraordinariamente activo en la resistencia a la revolución de 1910 y ahora volvía por el desquite. ¿La Habana? Vaya usted a saber por qué y para qué hacer conspiraciones tan lejos de casa.

El hombre fuerte de esa conspiración era un general de artillería de 54 años, Manuel Mondragón, «hijo de honorabilísima y virtuosa familia de Ixtlahuaca», según su apólogo Fernández Reyes. Hijo también del Colegio Militar, había crecido a la sombra de la dictadura porfirista, donde adquirió una enorme fama gracias a sus innovaciones en la industria bélica. No eran grandes inventos, sino más bien modificaciones y ajustes de armas francesas, por ejemplo del cañón Bange. Sus máximas hazañas fueron el perfeccionamiento del cañón de 75 mm Saint Chaumond, una carabina y un fusil automático llamado oficialmente «Fusil Porfirio Díaz sistema Mondragón», en honor claro está a la memoria de su patrón. Mondragón también escribió un par de manuales de artillería y se dedicó a los proyectos de la defensa de las costas, en particular la de Salina Cruz, Oaxaca y Puerto México, en el Golfo, labores que sus críticos describieron como el intento frustrado de hacer un gran negocio. Durante esos años, Mondragón no sólo había innovado técnicamente, también se había hecho de una buena fortuna al solicitar a las casas proveedoras extranjeras que aumentaran (se decía que un 20 por ciento) el precio de cada pieza de artillería adquirida por el gobierno mexicano, cantidad que iba directo a su bolsillo.

Hombre de mundo, había estado en Bélgica y Francia comprando y estudiando cañones; incluso se contaba que se había entrevistado con el Sha de Persia para mostrarle las bondades del fusil Porfirio Díaz. Combatió al alzamiento maderista y en la derrota pidió una licencia del Ejército Federal, pero en 1913 ya se había reincorporado.

Una foto de la época muestra a un personaje muy flaco, con las cejas pobladas, bigote prusiano y orejas lupinas, todo ello cerrado por una media sonrisa que nunca parecía abandonarlo.

Victoriano Huerta dejará un retrato de Mondragón en 6 palabras: «activo, activísimo, pero no era inteligente».

El plan inicial era dar un golpe militar en la ciudad de México y sacar de la cárcel a las dos grandes figuras de la reacción, los generales Bernardo Reyes y Félix Díaz, los militares emblemáticos del viejo régimen, para que asumieran la dirección del movimiento.

El viejo dictador es prescindible: nadie le informa de la conspiración en marcha a Porfirio Díaz, quien en el exilio parisino se limita a dar grandes paseos y a vivir de la memoria. Es el tiempo de los cachorros, si alguien va a hablar a nombre del porfirismo y la buena sociedad ya no será él. En esa revuelta del viejo orden, los «cachorros» no son jóvenes, pero son hijos del ejército derrotado por los maderistas casi tres años antes, cuyos mandos medios habían ascendido por rutina y antigüedad parasitaria («oficiales que se limitaban a cobrar las decenas») y tenían mucho tiempo libre para conspirar.

Generales, coroneles, mayores y capitanes de bigote engominado, las puntas hacia el cielo, las medallas y quincalla que les pesan en el pecho, la tradición de represiones a alzamientos indígenas a sangre y fuego, herederos infieles de la gran guerra contra los franceses y el imperio de Maximiliano. Han resuelto sus contradicciones, no importa que Reyes haya estado en contra de Porfirio en los últimos años y que Félix se considere sucesor del viejo dictador: su antimaderismo los amalgama.

2

Reyes y Díaz, los golpistas erráticos

Félix Díaz

Bernardo Reyes

Bernardo Reyes había nacido en Guadalajara, en 1850, en el momento de iniciarse esta historia tenía, por tanto, 63 años. Ingresa a los 15 al ejército y participa en la guerra contra el imperio. Coronel en 1878 y general en 1885, Porfirio lo acomoda en el gobierno de Nuevo León, que conserva reeligiéndose durante muchos años hasta que es nombrado por el dictador secretario de Guerra y Marina de 1900 a 1903. Vuelve a la gubernatura de Nuevo León y la conserva hasta 1909. Es sin duda el número dos del régimen y termina de candidato a la vicepresidencia compitiendo contra los científicos. La jugada le sale mal cuando sus bases se enfrentan al dictador y termina en Europa en 1909, en un semiexilio dictado por Díaz. No combate al maderismo y cuando retorna a México busca su lugar en una sociedad que ha cambiado profundamente sin contar con él.

Su hijo, cuenta José Emilio Pacheco, «el predilecto Rodolfo lo instaba a encabezar el descontento de los empresarios, los hacendados, los inversionistas extranjeros y, en primer término, de la oficialidad federal que jamás perdonaría su derrota a manos de la chusma y el peladaje». Era otro de los moralmente damnificados por la revolución de 1910.

En diciembre de 1911, lanza un manifiesto desde los Estados Unidos, se levanta en armas convocando a la población a seguirlo y, Pacheco de nuevo, «cuando cruzó la frontera [...] se halló completamente solo. Vagó por el desierto y al fin tuvo que rendirse ante un rural que había sido su caballerango en sus años de gloria. El rural rompió a llorar ante el espectáculo de tanta grandeza derrumbada». Todo se desmorona en Linares, Nuevo León. Martín Luis Guzmán se pregunta: «¿Era sólo un iluso el general Bernardo Reyes? ¿Era sólo un ambicioso engañado por el falso concepto que tenía de su personalidad?».

Reyes impone, las fotos de la época muestran a una figura patriarcal con una piocha espectacular, grisácea. Era tuerto.

Félix Díaz tenía 45 años y lo llamaban *el Sobrino de su tío*, como para dejar claro que pocos méritos tenía más allá del parentesco con el dictador, porque era hijo del hermano de Porfirio, *el Chato Díaz*. En octubre de 1912, acaudillando las nostalgias del viejo régimen, se alzó en armas contra Madero en Veracruz y llegó a capturar el puerto, en una rebelión que duró cinco días. Fue detenido, juzgado por un consejo de guerra y condenado a muerte. El régimen, en su eterna benevolencia, conmutó su condena por cadena perpetua.

Las fotos muestran a un caballero pasado de peso, de cara redonda y potente bigote, que más bien parece el dependiente de una tienda de lujo o un abogado sin muchas luces, lo cual es sin duda, no abogado, pero sí poco iluminado por la vida. Curiosamente tiene enormes simpatías populares y un gran arrastre en los sectores acomodados del país, quizá porque hereda gratuitamente la imagen benevolente y todopoderosa del dictador ausente.

3

«El ejército se ha vendido a los porfiristas»

Manuel Mondragón

Los conspiradores originales, ya en la ciudad de México, sumaron fuerzas claves: el abogado Rodolfo Reyes, quien tras el fracasado alzamiento de Linares se declaró co-culpable y pasó seis meses en la cárcel con su padre, para al salir actuar como defensor de Félix Díaz; el diputado y general Goyo Ruiz, los generales Servín y Velázquez, el doctor Samuel Espinosa de los Monteros, el licenciado Fidencio Hernández y decenas de coroneles y mayores de la guarnición de la ciudad de México. Los enlaces con los dos encarcelados comienzan a fluir rápidamente a través de Rodolfo, que se entrevistaba con su padre en la prisión militar de Santiago Tlatelolco y gracias a que, en un acto de inocencia suicida, el 24 de enero el gobierno trasladó a Félix Díaz de la prisión de Ulúa en Veracruz, a la penitenciaria del DF, el famoso Palacio Negro de Lecumberri. Félix Díaz, al que Ocón visitaba con frecuencia, diría: «Yo no participé en la conspiración, un día se presentaron varios amigos y me hicieron saber...».

Ocón y Mondragón intentaron captar en las primeras fases de la conspiración al general Victoriano Huerta, al fin y al cabo hombre de Reyes. Usaron como intermediario a Aureliano Urrutia, un médico militar de 42 años, compadre y padrino de su primer hijo. Huerta convalecía en esos momentos en el hospital de Urrutia de una operación de cataratas en un ojo. Aunque en posteriores entrevistas Félix Díaz dirá que: «Huerta era uno de los conspiradores», parece evidente que el general no quiso poner la carne en el asador, algunos dicen que porque le daban un papel de subordinado, otros que porque pensaba que aunque «Madero no le gustaba», no era el momento. De entrada Victoriano se negó a participar, pero no denunció a los complotados. Dicen que dijo: «Miren yo quiero al general Reyes y lo respeto... yo jalo si los otros jalan, porque la verdad [y carcajada] no quiero meterme entre las patas de los caballos... las pezuñas de *el Chaparro* [Madero] me parecen blandas, pero *Ojo Parado* [Gustavo, su hermano] las tiene duras...».

Detrás de la conspiración, a su vera, posiblemente colaborando como financieros, se encontraban dos industriales extranjeros, el magnate petrolero texano

William F. Buckley, que tenía intereses en los campos de Tampico desde los años 90 del siglo pasado y autor de mil y una intrigas contra el gobierno mexicano; íntimo amigo del embajador estadounidense Henry Lane Wilson y muy antimaderista, porque el aumento de los impuestos del petróleo había afectado a sus empresas. Junto a él, un magnate ferroviario británico llamado Weetman Pearson. No serán los únicos, una parte de los dineros de la vieja colonia española, como cuenta Andrés Molina Enríquez, está apoyando el proyecto.

El 30 de enero, Cecilio Ocón celebró un banquete al que invitó a cerca de sesenta oficiales del ejército para convocarlos a levantarse contra Madero. Se dice que los asistentes se juramentaron para alzarse en armas, pero es inevitable que con tantos invitados, tantas acciones semipúblicas, tantos movimientos y chismes, las noticias del golpe se filtraran. Al iniciarse el año, *Defensa del pueblo*, un diario dirigido por J.D. Ramírez Garrido, advertía: «El ejército se ha vendido a los porfiristas» y en un artículo contaba las líneas maestras del golpe militar: levantar los cuarteles de la ciudad de México, sacar de la cárcel a Reyes y Díaz, detener a Madero.

¿Detener a Madero? ¿Fusilar a Madero? ¿Por qué el encono? Cuando los conspiradores hablan del presidente Madero destilan un furor singular, una rabia potente que alimentan día a día los periódicos conservadores. Es curioso, cuando intentan darle razón a sus odios, no logran gran cosa. Félix Díaz dirá muchos años después que tuvo «una impresión desfavorable [...] Me pareció un hombre sumamente nervioso» y Rodolfo Reyes argumentará en sus memorias que Madero no dio respuesta a la revolución ni al poder económico, que no resolvía nada, que era un desastre…

¿Por qué entonces esta unanimidad virulenta contra el presidente? ¿Por qué este odio encarnizado? Martín Luis Guzmán sugiere: «Nunca una clase conservadora, por simple odio a quien no la trituraba pudiendo hacerlo, ansió tanto la caída de un hombre». Los hombres del viejo régimen no sólo se sentían amenazados, se sentían afrentados, no perdonaban Ciudad Juárez y la rendición de Díaz. Madero le había agitado en las narices a la oligarquía el miedo a la revolución, pero sin tener a la revolución entre las manos y mucho menos ponerla en marcha contra el viejo orden.

A diferencia del alzamiento maderista de 1910, la clave del golpe militar está en la ciudad de México, conservadora y mojigata, donde se concentran una docena de batallones en varios cuarteles. Los conspiradores no van a repetir los errores de Reyes en Nuevo León y Díaz en Veracruz. Tienen claro, y aciertan, que si un golpe militar puede triunfar tiene que darse en el corazón corrompido del ejército, con la solidaridad de la oligarquía.

4

El hermano incómodo

Gustavo Adolfo Madero

Gustavo Madero tiene 38 años, es el hermano incómodo del presidente, su ala izquierda, el azote de los reaccionarios. Lo llaman *Ojo Parado* porque es tuerto, ha perdido la visión en la infancia a causa de un accidente. Antes de la revolución era un industrial, dirigía una papelera en Monterrey, fue el cerebro financiero del maderismo armado y no dudó en sacar la pistola más de una vez. Con Francisco en el poder organizó políticamente la base social del presidente, dirigió el periódico *Nueva Era*. Usó la palabra en la tribuna para sacudir a la reacción y se fue distanciando de su hermano que prefería a otros parientes como su tío Ernesto

Madero en Hacienda y su primo Rafael L. Hernández en Gobernación, los más blandos del maderismo, que en su momento habían sido leales a Porfirio Díaz y habían estado en contra del alzamiento militar.

La reacción lo eligió como su blanco. Ramón Puente registraba: «La campaña periodística contra Gustavo Madero es terrible, inhumana, vulgar». Se le acusaba de estar en todos los negocios turbios a la sombra de su relación con Pancho, de haber negociado el amueblado de la Secretaría de Comunicaciones y de haber obtenido un contrato para surtir las bodegas del Castillo de Chapultepec y de Palacio Nacional. Ambas historias, como tantas otras, eran falsas. Manuel Bonilla certificaba: «No era rico, ni dejó protegidos ricos, ni botó fortunas durante su vida, como lo habían hecho muchos de los que lo calumniaban». Sus continuas advertencias de que se preparaba un golpe militar y la incredulidad de su hermano, más las presiones de la prensa de derecha, habían decidido al presidente a distanciarse de él y terminó enviándolo a Japón a cubrir un acto protocolario, pero Gustavo había pospuesto el viaje, convencido de que flaco favor le haría a Pancho si se iba en medio de un golpe militar.

A partir del 5 de febrero, Gustavo Madero comenzó a visitar discretamente los cuarteles de la ciudad de México. Una de esas noches, un coronel amigo suyo le ofreció una lista de 22 generales que según él estaban en la conspiración; desde luego Mondragón, pero la lista también incluía los nombres de Victoriano Huerta y Aureliano Blanquet, aunque al lado de sus nombres estaba escrito: «no están seguros».

En versión de Adrián Aguirre Benavides, Gustavo se entrevistó de inmediato con su hermano y tuvieron la siguiente conversación:

GUSTAVO: He venido a tratar de despertarte para salvarte la vida y si te aferras a no obrar, vamos a acabar tú y yo colgados de los árboles del Zócalo; si no estuviera mi vida de por medio, no hubiera venido.

PANCHO: Me dolería tu muerte, a mí nunca me ha importado morirme.

Y hasta ahí llegó la cosa. El presidente no mandó a tomar disposiciones extras. Gustavo le escribió a su mujer, que se encontraba en Monterrey haciendo los últimos preparativos para la salida a Japón, el 7 de febrero: «La situación política sigue empeorando, los complots se suceden unos a otros y el gobierno es impotente para detenerlos».

5

«Hay por ahí muchos cabrones…»

Madero: «No, esto no puede ser»

Un maderista fuera de toda sospecha como Juan Sánchez Azcona contaba: «el presidente […] incapaz por su temperamento de sospechar malos manejos de los demás, no daba crédito a las repetidas y crecientes delaciones que le comunicábamos y llegaba a incomodarse ante nuestra insistencia». Pareciera como si Madero estuviera haciendo buena la reflexión de San Agustín: «Errar es humano, perseverar en los errores es diabólico».

Años más tarde, Federico González Garza, gobernador de la ciudad de México, quizá con una memoria que matizará acontecimientos futuros, recordaba que en esos días el presidente Francisco Madero decía que había cometido dos grandes errores: «haber querido contentar a todos y no haber sabido confiar en mis amigos». Repetía: «No, esto no puede ser, estos hombres no pueden ser traidores».

Mientras tanto los traidores, que venían creciendo en número e influencia, se reunían en la casa de Mondragón en Tacubaya, en el Hotel Majestic frente al Zócalo, que acaba de comprar Ocón, y en la casa de Rodolfo Reyes. El plan se iba precisando: alzar varios cuarteles, concentrarse en dos columnas, liberar a Reyes y Díaz, tomar Palacio Nacional, detener a Madero en el Castillo de Chapultepec e interceptar en su casa al general Lauro Villar, jefe de las fuerzas militares en la ciudad de México. Bernardo Reyes le había encargado a Rodolfo que redactara la proclama que leerían conjuntamente él, Mondragón, Félix Díaz y Ruiz. La fecha del alzamiento se fijó, tras algunas dudas, para la noche del 8 al 9 de febrero.

El viernes 7 de febrero por el despacho de Sánchez Azcona en Palacio Nacional, la Secretaría del presidente, circulaban los rumores y los rumorosos. Se había entrevistado con él el general José Delgado, que aseguraba que estaba en marcha un golpe militar y que varias guarniciones del DF estaban comprometidas, especialmente las de artillería. Hasta un mesero amigo suyo le había contado acerca de cenas de altos mandos del ejército donde se discutían los planes con precisión. Sin embargo, el jefe de policía desmentía los rumores. No así el jefe de la plaza, el general Lauro Villar que le comentó: «Aunque el inspector de policía diga que no, yo sí creo que lo que usted sabe es cierto, pues hay por ahí muchos cabrones...».

De que había muchos cabrones que juraban fidelidad con un lado de la boca y complotaban con el otro no había duda, pero el problema es que no se sabía en quién se podía confiar, ni siquiera en los militares considerados como fieles al régimen como el ministro de Guerra, García Peña, como Delgado o Lauro Villar, como Huerta y Blanquet, porque al fin y al cabo, todos eran hombres del viejo régimen y con múltiples ataduras de casta y clase social.

Ese día, Lauro Villar conferenció con el ministro de Guerra y le dijo que había que traer tropas del interior del país con oficiales de confianza, que no se podían quedar en manos de las guarniciones de la ciudad de México. Le respondieron: «Pues conténtate con lo que hay». Madero minimizaba la situación, se tomaban medidas a medias. En una reunión del gabinete se decidió liberar órdenes de aprehensión contra el general Mondragón y que se aumentara la vigilancia de los cuarteles que se sospechaban tocados por el complot.

6

La incógnita no es si se va a producir el golpe

Victoriano Huerta, general fuera del servicio activo

En la noche del sábado 8, la ciudad de México fue sacudida por terribles tolvaneras. El novelista Francisco Urquizo, en esos días subteniente de las guardias presidenciales, recuerda: «El viento, preñado de polvo salitroso, levantado de las resecas playas de Texcoco, penetrando por cuanto intersticio, por insignificante que fuere [...] Las rachas de viento arremolinado en las esquinas, en los cruces de calles y callejones». Hacía mucho frío.

A horas de iniciarse el golpe hay dudas entre los conspiradores, el general Velázquez anda desaparecido. En algunos lugares los mandos no se definen, Mondragón se impone, no hay vuelta atrás.

Los agentes del jefe de la policía López Figueroa, que estaban observando los extraños movimientos que se producían afuera del cuartel de artillería de Tacubaya, le advirtieron a su jefe que algo estaba a punto de suceder, que no era normal tanta entrada y salida de civiles y militares. Una patrulla de soldados interceptó a uno de los coches de la policía y detuvo a sus ocupantes.

López Figueroa se lo comunicó a Madero. El gobierno sabe que hay un golpe militar a punto de producirse, de mil y una maneras la información se ha filtrado pero García Peña, el ministro de Guerra, está confiado; Madero a su vez confía en Lauro Villar, quizá el único de los militares leales que se lo está tomando en serio y quien hacia las doce de la noche le dice al capitán Torrea, al que manda a hacerse cargo del cuartel de zapadores cercano a Palacio: «Ya sabe usted: mucha vigilancia y en caso de alteración del orden, mucha bala», y repite las dos palabras finales: «Mucha bala, mucha bala».

A la una de la mañana en el colegio de aspirantes en Tlalpan también conocido como San Fernando, una de las dos escuelas militares que existen en la ciudad de México, hasta las sombras tenían vida propia. La mayoría de los oficiales estaba en el complot para tirar al presidente y había narcotizado al director de la escuela. Entre los jóvenes corrían rumores, unos estaban en la verdad y simpatizaban con el golpe, otros se creían lo que algunos de sus mandos les habían dicho, que probablemente hubiera que salir para reprimir una asonada. Un solo oficial, en absoluta minoría, se opuso: el capitán Enrique de la Mora, al que no le quedó otra que fugarse de la escuela.

Victoriano Huerta, que llevaba cinco meses fuera del servicio activo, se entrevista con el ministro de Gobernación, le dice que «hace mal el gobierno en desconfiar de mí y en postergarme». Tiene información exacta de lo que está pasando en los cuarteles de Tacubaya. Sale sin lograr que le den una comisión de servicio.

Aquella noche, la plana mayor del maderismo se repartía entre una función de lucha grecorromana y un banquete en el restaurante Sylvain, donde el menú estaba en francés y entre otras cosas, los asistentes iban a comerse un *sole mornau* y un filete de *boeuf roti*, tras un consomé italiano y una ensalada *romaine*, para terminar con pequeños *mousses* y una *bombe Josephine*. Pero los rumores de que en el cuartel de Tacubaya había entrado el general Mondragón para hacerse cargo del levantamiento eran continuos. Gustavo dejó el banquete cuando pasó a buscarlo el jefe de la policía y en un par de automóviles, con amigos de confianza, se movilizó hacia Tacubaya. Al llegar observaron que en las puertas del cuartel había un gran movimiento de automóviles, con civiles que entraban y salían. Mandaron por delante a un mirón, que fue detenido; tras eso, los militares salieron del cuartel para interceptarlos. Se produjo un tiroteo y Gustavo y sus compañeros salieron huyendo. Para Gustavo Madero no hay ninguna duda: el asunto está en marcha.

Durante la noche, en la ciudad de México la incógnita no es si se va a producir el golpe militar, si no cuántas guarniciones de la capital lo van a secundar.

7

El ejército en la calle

General Ángel García Peña, ministro de Guerra

Un golpe de Estado protagonizado por militares ofrecerá siempre una extraña puesta en escena. La iniciativa desciende de los altos mandos, tiene que contar con una oficialidad comprometida; se produce una inercia que arrastra a los más débiles, a los más timoratos; se impone el rango y el espíritu de cuerpo. En las bases, el desconcierto: pocos son los que saben lo que están haciendo y para quién trabajan. La clave estará en la decisión y presencia de generales, coroneles, mayores y en la complicidad de capitanes y tenientes. A las cuatro de la mañana los capitanes de la escuela de aspirantes ordenan a los muchachos, uniformados de caqui y con gorra alemana, que comiencen a formarse ante el cuartel, en las calles de San Fernando. Los adolescentes serán una de las fuerzas clave del golpe. Una de las columnas de caballería avanza por Tlalpan hacia Palacio Nacional. Los restantes comienzan a buscar medios de transporte ante la ausencia del par de tranvías que supuestamente debería haber estado allí. Primero toman por asalto dos lecheras que cargan con ametralladoras y municiones, y un poco más tarde una compañía de cadetes, a paso de carga y con la bayoneta calada, se apodera de los famosos tranvías, cada uno con un remolque. Los conductores, espantados ante el despliegue de armas, arrancan hacia el centro de la ciudad.

A esa misma hora suena la diana en el cuartel de San Diego en la barriada de Tacubaya. Los generales Mondragón y Ruiz, que han pasado la noche en el cuartel coordinando con los oficiales el levantamiento y reuniendo a los voluntarios civiles, a los que se ha sumado el general Manuel Velázquez, ordenan que la tropa se forme en el patio equipada para el combate. Curiosamente, los protagonistas del golpe no traen uniforme militar: Mondragón usa un sombrero de ala corta, saco largo, pantalón de montar y polainas; luce en el rostro afilado unas tremendas ojeras. Hay vagos testimonios de las arengas, se habla del honor militar, como siempre, del mal gobierno maderista y de salvar a la patria. Testigos parciales comentan el «delirante regocijo» y mencionan la «multitud entusiasta de civiles». Extraña hora para que una «multitud» de paisanos se encuentre en un cuartel. Lo que sin duda es claro es la abundancia de ciudadanos sin uniforme, fervientes felixistas y reyistas encabezados por Cecilio Ocón.

La desorganización es grande y a los alzados les toma mucho tiempo poner en orden la columna, sobre todo por la necesidad de montar las piezas de artillería en sus armones. Finalmente la guarnición de Tacubaya, con el 2º Regimiento de artillería, 300 dragones del Primer Regimiento de caballería y la guarnición del 5º de artillería, unos 700 hombres, más un par de centenares de civiles, salen rumbo a la prisión militar de Tlatelolco.

Los alzados tienen un primer golpe de suerte, la vanguardia de los aspirantes llega a Palacio Nacional y con la complicidad de algunos mandos que estaban en la conspiración desarman a la guardia, a la que incluso suman al movimiento. En esos momentos aparece en Palacio el ministro de Guerra, el general Ángel García Peña, que trata de imponerse con su rango, pero entre insultos y chanzas le dejan claro que allí no manda nada; intercambia disparos con un oficial montado y un tiro, que acierta a un cristal a sus espaldas, le produce heridas en la cara y el cuello. Los alzados controlan las tres puertas de acceso a Palacio Nacional y el ministro es conducido como prisionero al cuarto de vigilancia, que daba a la puerta principal.

No será la única presa importante que capturen los aspirantes. Gustavo Madero, que se ha pasado la noche tratando de descubrir la profundidad de la conspiración y que viene del encontronazo en Tacubaya, tras detenerse a telefonear al presidente al Castillo de Chapultepec va hacia Palacio. Logra entrar, pero para su sorpresa descubre que la nueva guarnición sólo obedece órdenes de los alzados. Es detenido y amenazado con un fusilamiento inmediato. Lo meten en una de las cocheras con Adolfo Bassó, el intendente de Palacio, un capitán de fragata campechano de más de 60 años, de nariz prominente y rostro anguloso.

Todo parece estar resultando extremadamente fácil para los golpistas.

8

El viejo con ataque de gota

General Lauro Villar

El primer militar leal en reaccionar es el general Lauro Villar, el jefe de la plaza, un tamaulipeco cuya barba gris lo hace mucho más viejo de lo que es: sólo tiene 64 años y ha servido en el ejército desde la intervención francesa.

Villar, que había pasado las primeras horas de la noche en cama, con dolores en una pierna por un ataque de gota, al recibir las primeras noticias del levantamiento se viste de civil, toma un automóvil y le pide que lo lleve a Palacio Nacional. Cuando un retén lo desvía se da cuenta de que el golpe está en marcha. Dando una vuelta al Zócalo se dirige al cercano cuartel de San Pedro y San Pablo, sede del 24° Batallón, que los conspiradores han dejado afuera de sus planes por su poca importancia militar. Un soldado medio dormido se cuadra sorprendido, la guarnición está dispersada en varias comisiones, no se encuentra el oficial al mando. Sólo hay tres oficiales y 84 soldados, la mayor parte reclutas.

Villar hace la pregunta obligada: «¿Saben disparar esos reclutas?». Cuando le dicen que sí, que han tenido entrenamiento básico, Villar ordena que los municionen con doscientos cartuchos por cabeza. En doble fila, por la calle del Carmen, el improvisado ejército de Villar avanza y toma el cuartel de zapadores que está a espaldas de Palacio. Ahí se le suma el capitán Torrea con sólo con un escuadrón del 1° de caballería y aparece el general Villarreal, al que manda a hacerse cargo de La Ciudadela, donde están los grandes depósitos de armas de la ciudad de México.

Como no quiere chocar contra los insurrectos con la pequeña fuerza que lo acompaña, unos sesenta hombres, decide entrar a Palacio por la parte trasera, rompiendo con unos pedazos de riel un acceso clausurado que une el cuartel de zapadores con uno de los jardines interiores del edificio. Los capitanes Morales y Torrea serán clave en la operación y ayudan al general, que avanza arrastrando la pierna enferma.

Pistola en mano (Torrea dirá: «una pequeña pistola que en manos de otro poco hubiera significado») y con sus hombres a bayoneta calada entra en la sala de armas y ordena a los aspirantes que entreguen las suyas. El momento es extraño, hay algunos disparos y forcejeos, pero al final el militar que más grita es el que gana y Lauro Villar sabe gritar, ordenando a los aspirantes que se formen de inmediato. En una situación que bordea el ridículo, les ordena que se numeren de a cuatro y luego los lleva marchando hasta las caballerizas.

Al oír los disparos y gritos el ministro de Guerra García Peña saca una pistola que traía oculta y desarma a su guardia. Él, Gustavo y Bassó se unen a Villar, quien sin muchos miramientos ordena a los hombres del 24° que si los aspirantes se mueven, fusile a «los mequetrefes».

Palacio Nacional está en manos de los leales. ¿Por cuánto tiempo? Villar ordena a sus escasas fuerzas que se formen en dos líneas de tiradores ante Palacio, una de ellas pecho a tierra. Se instalan ante la puerta principal dos ametralladoras *hotchkiss*, una queda en manos del intendente Bassó; Gustavo Madero sólo trae una pistola.

9

Uno pide un caballo, el otro se estaba afeitando

Bernardo Reyes en la puerta de la prisión de Santiago Tlatelolco

Frente a la prisión militar de Santiago Tlatelolco se encuentran tres grupos: una columna de ametralladoristas del cuartel de San Cosme, la caballería de los aspirantes dirigida por el capitán Escoto y un grupo nutrido de civiles encabezado por Rodolfo Reyes. Todos reclaman airadamente la liberación del general Bernardo Reyes. No les cuesta mucho trabajo obtenerla, la guarnición de unos cien hombres se les pliega. Lo primero que pregunta Reyes al salir de la cárcel, entre aplausos y honores de los oficiales, es:

–¿Tienen un caballo para mí?

Se ha uniformado para la ocasión, Hurtado y Olín lo describe: «vestido de traje negro, botas federicas con capa española [...] que le había regalado el rey de

España, Alfonso XIII». Martín Luis Guzmán le añade un «pequeño sombrero de fieltro gris».

Los informantes dirán que lo esperaban con su caballo llamado Lucero. Blanco según uno, negro según otro; en las versiones más precisas, retinto (o sea castaño muy oscuro según los diccionarios); como siempre en estas historias, los caballos cambian de color.

El general Mondragón, encabezando la columna que viene de Tacubaya, llega en esos instantes y le reporta a Reyes, sin duda y sin que nadie lo diga, el nuevo dirigente de la rebelión:

—El triunfo es nuestro, general —y describe las fuerzas alzadas, entre otras las que Villar había enviado a defender la prisión.

Todavía no ha amanecido.

Los teléfonos en el Zócalo y en la residencia oficial del presidente en el Castillo de Chapultepec no paran de sonar. Madero sabe que han tomado Palacio y que Reyes está libre y en la calle con una enorme columna de alzados.

A las siete de la mañana llega al Castillo de Chapultepec un ensangrentado García Peña a contarle al presidente que se ha recuperado Palacio; en los patios y al pie del Castillo se ha reunido un grupo de fieles, miembros de la escolta, el mayor López Figueroa con varios policías; el gobernador del DF, Federico González Garza; Ernesto Madero, tío del presidente; el ministro de Comunicaciones, ingeniero Manuel Bonilla; el capitán de navío, Hilario Rodríguez Malpica y Pedro Antonio de los Santos, diputado federal potosino.

Mientras tanto, los amotinados van hacia Lecumberri; en el camino llegan al cuartel de San Ildefonso y suman a las tropas allí acantonadas. Todo el levantamiento parece un desfile. A las siete y media de la mañana los alzados llegan a la prisión. Félix Díaz cuenta: «El 9 de febrero en la mañana estaba rasurándome en mi celda de Lecumberri cuando supe que mis amigos estaban a las puertas de la Penitenciaría».

Ante los reclamos de los amotinados el licenciado Liceaga, director de la Penitenciaría, se niega a entregarlo. Llama por teléfono al ministro de Gobernación que le ordena resistir, pero sólo tiene veinte hombres. Le ordenan que al menos retrase durante un tiempo a la columna de los alzados, que frente al Palacio Negro sigue creciendo, porque se le han sumado nuevos grupos de soldados con los oficiales que se han separado de sus cuarteles.

El general Reyes ordena entonces que una pieza de artillería se monte ante la puerta. El gesto es suficiente. Frente a la entrada de la prisión, Bernardo Reyes y Félix Díaz se abrazan, se disparan las salvas al aire. El porfirismo desvanecido reaparece y con banda de guerra al frente. La historia se corrige y vuelve a empezar. Hay fiesta en el encuentro de los dos caudillos de la reacción, vivas y gritos de una muchedumbre en la que sigue creciendo el número de civiles. No hay duda de que Reyes y Ocón habían tenido éxito en implicar en el golpe a una buena parte de la juventud burguesa de la ciudad de México. «¡A Palacio!», gritan y la columna se pone nuevamente en marcha.

En Palacio Nacional, Villar continúa organizando la resistencia. Son las siete y veinte de la mañana. Una fotografía tomada al amanecer por mano desconocida muestra a los soldados leales tendidos frente a Palacio en línea de tiradores; el intendente Bassó se hace cargo de una de las ametralladoras. Luego, los exagerados que nunca faltan, contarán que había seis y no las dos *hotchkiss* de las que se ha dado noticia y, por si fuera poco, añadirán seis morteros. A Villar se le han sumado el coronel Morelos y el vicealmirante Ángel Ortiz Monasterio, un chilango de 64 años que se había formado con el liberalismo español.

En un país que ha hecho obsesión de su centro político y geográfico durante muchos años, parece normal que en el centro de ese centro se defina el futuro, que sea en Palacio Nacional donde se juegue la vida la revolución de 1910 o el retorno del porfirismo rampante.

10

¡Váyase al carajo!

General Gregorio Ruiz

Entre tanto, Francisco Madero se ha decidido. El centro de la contienda se ha de situar en Palacio Nacional. Y él tiene que estar allí. Si los golpistas en algún momento habían dispuesto un ataque al Castillo de Chapultepec para detener al presidente, éste no se ha producido por desorganización o miedo de algunos de los conspiradores. Madero, al que le gustan sobremanera los símbolos, le pide al director del Colegio Militar que le proporcione una escolta. El presidente arenga a los muchachos: «La escuela de aspirantes ha echado por tierra el honor de la juventud en el ejército. Este error sólo puede enmendarlo otra parte de la juventud militar...». No sabe que, según varias versiones, hay varios oficiales del Colegio Militar implicados en la conspiración y que sólo la actitud de los civiles del gabinete en estas primeras horas y el discurso del presidente los neutraliza. Luis G. Bayardi, uno de los muchachos, dice que había quinientos de ellos formados; la cifra debe de estar exagerada porque la mayoría de las versiones habla de tan sólo unos trescientos cadetes, dos compañías. Sara Pérez, la esposa del presidente le pide a su marido que le permita acompañarlo; Madero se niega. Al pie del Castillo de Chapultepec se forma la columna a la que se suman muchos civiles. Descienden por el bosque perdiendo la formación. Madero, a caballo, marca el paso, los cadetes a pie lo intentan flanquear. El grupo toma por la avenida Reforma.

Mientras tanto, otra columna de caballería entra al Zócalo por la calle Moneda. Bernardo Reyes ha mandado por delante al general Gregorio Ruiz con ochenta jinetes del Regimiento de caballería número 1.

Cachetón y pasado de peso, con sombrero de charro y un bigote blanco inmenso cuyas puntas se elevan, el general veracruzano de más de 60 años ha sido también veterano de las guerras contra la invasión francesa y el imperio, y más tarde usado por Porfirio en las guerras menores de «pacificación» en Puebla, Oaxaca, Tepic y Sinaloa. Renuncia al ejército en 1911 y al año siguiente es diputado por Coahuila.

Lauro Villar sale de la relativa protección de la puerta y avanza hacia él renqueando; apoyándose en el general Delgado, trae la pistola en la mano. Gregorio intenta una explicación: «Lauro, nos hemos alzado, atrás vienen...».

Villar va retrocediendo, Ruiz lo sigue en el caballo; cuando están en el pórtico de Palacio, el jefe de la plaza dice:

—Estoy con el supremo gobierno y usted está detenido.

Ruiz hace el ademán de llevarse la mano a la pistola, Villar lo frena: tomando las riendas y apuntándole lo hace bajar del caballo. El gordo tiene dificultades para descender. Ese es el momento en que una parte de la tropa de Ruiz deserta y se suma a los leales.

El coronel Anaya, que ha quedado al mando de los alzados tras la sorprendente rendición de su jefe, recibe la orden de claudicar, pero contesta con un «¡Váyase al carajo!». Las versiones son contradictorias, unos dicen que Villar ordenó hacer fuego y el grupo se dispersó. El propio reporte de Lauro Villar no lo dejará claro. Martín Luis Guzmán contará que se creó un *impasse*, que el grupito de hombres a caballo con la fila de tiradores ante ellos ni se iba ni se retiraba. Se miraban y se apuntaban, observaban a sus mutuos jefes. Hasta en la tragedia hay espacio para el absurdo.

11

«Una oscura equivocación»

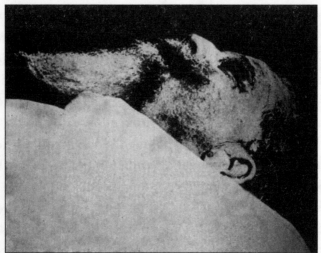

El cadáver de Bernardo Reyes... «una oscura equivocación»

Sin que los protagonistas lo sepan, en esos momentos dos columnas de signo opuesto avanzan hacia el Zócalo. La del presidente que quiere ponerse al frente de la resistencia: Madero viene por Reforma, causando la sorpresa y la adhesión de los mirones; y la de los generales golpistas: Reyes, Díaz y Mondragón, que está entrando por la calle de Moneda.

Cuando le dijeron que Ruiz estaba detenido y que Lauro Villar estaba en Palacio, Reyes respondió: «Lauro es de los nuestros» y dio órdenes de avanzar. Rodolfo, su hijo, trató de retenerlo, Reyes se zafó. «La suerte está echada», dicen que dijo, y puso su caballo al trote; «por imprudente y engreído», diría

Mondragón más tarde. Sólo una parte de la columna lo sigue, la artillería no se despliega. Rodolfo Reyes dirá en sus memorias que su padre «estaba como encantado». Manuel Mondragón y Félix Díaz se quedan en el acceso al Zócalo con la inmensa mayoría de los alzados. ¿Cautela? ¿Subordinación al nuevo líder del alzamiento? ¿Dejar que otro saque las castañas del fuego que han encendido?

Aunque futuras crónicas dirán que Bernardo Reyes «lanzó una carga de caballería contra las palaciegas puertas», las cosas no fueron así.

Reyes, espada en mano y a la cabeza de sus hombres, se acercó a la fila de tiradores que, de rodillas y pecho a tierra, formaban la primera línea de defensa. Nuevamente Villar salió al paso rebasando a sus hombres y dejando atrás la puerta de Palacio. «Avancé solo hasta mitad de la calle». Los dos generales se encuentran como a treinta pasos. Tres veces Villar le da la orden de deponer las armas. Mientras argumenta acerca de la sabiduría y honradez del golpe, Reyes le intenta echar el caballo encima. Villar dirá que «cuando Reyes trata de envolverlo con el caballo» da la orden de fuego. Es un fusilamiento por ambos lados, los hombres se disparan a diez y veinte metros. Una de las ametralladoras, la manejada por Bassó, acierta de lleno en el general rebelde, que se desploma de la cabalgadura. La otra ametralladora se encasquilla. A Rodolfo Reyes los disparos le matan el caballo; retrocede arrastrándose hacia el quiosco que hay en el centro de la plaza y en medio de los árboles. Los alzados se desbandan. El tiroteo ha durado no más de diez minutos. Entre los leales muertos se encuentra un coronel y Villar ha quedado herido por un disparo que le entró por el cuello fracturándole la clavícula derecha. Los leales han sufrido 43 muertos y heridos. Ha quedado tendido en la plaza uno de los cuadros civiles de la insurrección, el doctor Samuel Espinosa de los Monteros, herido de ocho disparos, y cinco oficiales rebeldes, entre ellos un coronel. Las bajas de los alzados son difíciles de precisar; analizando el informe del Hospital Militar y viendo a qué batallón pertenecen los caídos, al menos tuvieron ochenta heridos y cerca de 35 muertos. Los caballos sin jinete corren sin rumbo por la plaza.

No serán los militares de ambos bandos las únicas víctimas. Casi todos los muertos sobre las calles y la plaza arbolada del Zócalo, en las cercanías del quiosco, son civiles que salían de misa en Catedral, o mirones que se habían acercado demasiado y que serían atrapados por el fuego cruzado. Stanley Ross da la cifra de quinientos muertos y cien heridos en el enfrentamiento. La mayoría de las fuentes ofrece cifras similares. La virulencia del enfrentamiento invita a la exageración, más tarde a algunos les interesará aumentar los números. Sin embargo la proporción es absurda, porque es imposible que en un enfrentamiento de este tipo hubiera más muertos que heridos. Aun así, la carnicería ha sido tremenda.

El escritor Alfonso Reyes, hijo de Bernardo, habría de poner en papel en Buenos Aires, en 1930, diecisiete años después de los acontecimientos, un escrito titulado «Oración del 9 de febrero», que no sería publicado en vida y se daría a conocer póstumo en 1963.

Aunque el texto tiene frases muy afortunadas como «una oscura equivocación es la relojería moral de nuestro mundo», está dominado por la retórica reaccionaria: «Con la desaparición de mi padre, muchos, entre amigos y adversarios, sintieron que desaparecía una de las pocas voluntades capaces, en aquel instante, de conjurar los destinos. Por las heridas de su cuerpo, parece que empezó a desangrarse para muchos años, toda la patria [...] Cuando la ametralladora acabó de vaciar su entraña, entre el montón de hombres y caballos a media plaza y frente a la puerta de Palacio, en una mañana de domingo, el mayor romántico mexicano había muerto». Hace falta mucho amor filial para convertir a un general golpista en *el mayor romántico mexicano*.

Los generales Manuel Mondragón y Félix Díaz se achican. Tienen fuerzas sobradas, ametralladoras y artillería para fácilmente tomar Palacio, donde Villar y Gustavo Madero tras el encontronazo no tienen más de centenar y medio de hombres hábiles, pero se repliegan. En un primer momento no está claro hacia dónde, se habla de que alguien propuso la estación de tren para abandonar la ciudad, alguien más sugiere La Ciudadela –situada a un kilómetro de donde se encuentran–, hacia allá se dirigirán.

Villar aprovecha el respiro, no tiene fuerzas para ordenar la persecución. Cubriéndose la herida con un pañuelo entrega la defensa de Palacio al general José María de la Vega y sube a la azotea del edificio; ya han sido demasiadas emociones brutales en unas horas para el viejo general.

12

Aparentemente, el golpe ha fracasado

Madero avanza hacia Palacio Nacional

El resultado de la escabechina del Zócalo deja una secuela insólita; el diario de José Juan Tablada (antimaderista de pro, periodista, autor de obras satíricas contra el presidente) la registra: «Por las calles corren caballos sin jinete». La columna que Madero encabeza los verá bajando la calle 16 de septiembre, desbocados y «en vertiginosa carrera».

Cuando el grupo del presidente avanza por la avenida Juárez, a la altura del Teatro Nacional, desde el edificio de la Mutua, le disparan. Los francotiradores, probablemente un grupo de la escuela de aspirantes que retorna del Zócalo, casi tienen éxito en matar al presidente. Un gendarme que estaba al lado de Madero cae herido, entre otros; los cadetes responden el fuego. La tensión cruza a las guardias militares y civiles del presidente. Madero desciende del caballo y acepta la invitación de los solícitos propietarios de la casa Foto Daguerre, sobre la avenida Juárez. Cuando cesa el tiroteo, el ministro Bonilla sale al balcón del estudio fotográfico y arenga a la multitud, que pide que el presidente salga también.

Se han seguido sumando al grupo civiles armados con pistolas, entre ellos Gustavo Madero, que viene de Palacio con noticias frescas. También desciende de un automóvil el general Victoriano Huerta vestido de civil, con un abrigo negro muy elegante y los lentes tintados; ha llegado en automóvil desde su casa en la colonia San Rafael, en los últimos minutos de la marcha. Juntos aparecerán en la ventana. El presidente Madero, sonriente, saluda a la multitud. Abajo, Mariano Duque, un agitador maderista, llama a «acabar con la reacción».

La columna vuelve a ponerse en marcha. Al pasar frente al Caballito un hombre le entrega al presidente una bandera nacional. Se van sumando más contingentes: grupos de la gendarmería montada, un grupo de bomberos armados, algunos ministros, los maderistas más duros. Toman por la avenida San Francisco hacia Palacio Nacional.

Al retirarse los alzados del Zócalo, un grupo de aspirantes, que se han subido a la torre de catedral y han actuado como francotiradores, quedan aislados. Se producen esporádicos tiroteos entre ellos y los soldados leales que se encuentran en las azoteas de la Secretaría de Hacienda.

Una avanzada de la columna de Madero, formada por una escuadra de cadetes del Colegio Militar, llega a Palacio y da noticia de que se aproxima el presidente. A Villar se le salen las lágrimas. Han sido sin duda muchas las emociones y las suertes.

Hay varias fotografías del último tramo del viaje de Madero hacia Palacio: un trayecto casi triunfal, en el que el presidente a caballo va saludando con la mano derecha en la que trae un medio bombín. Son imágenes que muestran el caos que imperó en la marcha, una pequeña multitud en la que se mezclan los cadetes del Colegio Militar, los maderistas más fieles y como siempre –al fin y al cabo esto es México–, una multitud de curiosos desarmados y excitados. Una de ellas es quizá una de las fotografías más populares de la historia nacional, tomada probablemente por Jerónimo Hernández, fotógrafo de *Nueva Era*: Madero, sonriente, saluda; en un tercer plano una bandera mexicana ondea tras de él. Y el primer plano es ocupado por un adolescente despistado y dos niños de la plebe, uno con cachuchita de ferrocarrilero (papelero, dirán algunos) y otro absolutamente pelón, probablemente rapado para quitarle los piojos. Las fotos varían según la zona en la que fueron tomadas: algunas en San Francisco (la calle que años después llevaría su nombre), otras sin duda en la entrada al Zócalo, con la catedral a espaldas, pero en todas Francisco Madero sonríe benévolo y saluda con el sombrero a los que lo deben de estar aclamando. Lo terrible es que en ese tramo de su trayecto se ha cruzado, con pocas cuadras de diferencia, con la columna de Félix Díaz y Mondragón, que se repliega.

Madero llega a Palacio, ha pasado una hora y media desde el tiroteo con Reyes. La línea de tiradores está en posición, los cadáveres llenan la plaza. El presidente verá tendido sobre la mesa de una oficina el cadáver de Bernardo Reyes. «Esto no debió suceder», dirán que dijo, quizá recordando cuando Reyes estaba en la oposición blanda al porfiriato y Madero lo visitaba en Monterrey para hablar de literatura y de ocultismo.

Lauro Villar ensangrentado, cubriéndose el hombro con un pañuelo, recibe en la azotea al presidente. Tras escuchar las obligadas felicitaciones de Madero, «es usted muy hombre, general», Villar acepta ir a curarse. Antes, un breve conciliábulo entre el ministro García Peña, Villar y el presidente, donde se decide transferirle el mando a Victoriano Huerta como jefe militar de la plaza. Ahí mismo le informan. «Mucho cuidado, Victoriano», dirá el general Villar al entregarle el mando. Victoriano da su primera orden: que se baldeen los patios de Palacio Nacional para limpiarlos de sangre. La designación no causa júbilo entre los maderistas más duros: Huerta provoca muchas dudas.

En este mundo chiquito que es el México post-1910, todos se conocen. En uno de esos encuentros que desfiguran la supuesta precisión y moraleja de todas las historias, Victoriano Huerta, que vivía en Monterrey en aquellos años a la sombra del general Bernardo Reyes, se reunía en una cantina con Gustavo Madero, que dirigía una papelera, para tomar unas copas.

Y será Gustavo, entre otros, el que le diga al presidente que Huerta no le da confianza. Pero en esos momentos, la cosa no parece tan trascendente. Aparentemente, el golpe ha fracasado.

13

El general Victoriano Huerta

General Victoriano Huerta

El personaje que entra en escena, Victoriano Huerta, merece ser contemplado. Ha nacido en 1844 en Colotlán, Jalisco, hijo de mestizo e india huichol. Adoptado como secretario por un general, estudia en el Colegio Militar. Sus compañeros de milicia lo apodan *el Chichimeca*; excelente ingeniero y topógrafo, tiene calificaciones particularmente buenas en astronomía. Sirve como teniente encargado de fortificaciones, luego estará bajo el mando de Bernardo Reyes. Trabaja durante nueve años como cartógrafo, haciendo estudios geográficos y mineralógicos dentro del ejército. En 1893 pasa al activo como coronel a cargo de la represión de revueltas antiporfirianas en Guerrero. Regresa al pasivo y dedica dos años a la topografía. En 1900 participa en la liquidación de la revuelta de la insurrección yaqui; en 1903 en la represión de la guerra de castas en Yucatán. ¿Cuántos asesinatos? ¿Cuántas comunidades arrasadas? Ha servido en las dos grandes guerras sucias del fin de siglo mexicano haciendo méritos suficientes para ser designado subsecretario, pero el día en que lo van a nombrar, la caída de Bernardo Reyes lo impide. Termina desplazado y puesto en disponibilidad. Por despecho se dedica a conspirar contra Porfirio Díaz sin mayor éxito. Para compensarlo, Bernardo Reyes le da la concesión de la pavimentación de Monterrey, donde se le atribuyen negocios turbios a la sombra de su padrino: de general represor a negociante de influencias y receptor de mordidas. José Emilio Pacheco reconstruye: «Desempleado después de 1909, pasaba el tiempo en la antesala del Bufete Reyes en 5 de mayo. El pasante Alfonsito se negaba a recibirlo. Lo detestaba por pegajoso [...] "porque me quitaba el tiempo y me impacientaba con sus frases nunca acabadas"». Está casado con Emilia Águila, una joven de familia acomodada de Jalapa, educada y fea. Es casi un espectador en la revuelta maderista de 1910 (en 1911, jefe en Morelos y Guerrero). Sin embargo, al renunciar el general Díaz, lo distingue eligiéndolo jefe de la escolta que lo conduce a Veracruz. Huerta está al pie del Ipiranga y discursea: «Si Díaz volviera algún día, mis tropas siempre estarían a su disposición». En el interinato de De la Barra estará encargado de la persecución de los zapatistas que no se habían desarmado. Bajo Madero se hace cargo de la División del Norte que combate la revuelta de Orozco, choca con Pancho Villa, que maneja a los irregulares. Pancho dirá: «Huerta me dio la corazonada de que no obraba por la buena, no nos quería a los maderistas». Tan no los quería que trata de fusilar a Villa y termina enviándolo a la cárcel. Madero finalmente sacará a Victoriano de la línea de mando.

Fernández Mc Gregor lo describe así: «Era de estatura media, cuadrado, vigoroso, con aspecto de soldadón; tenía las piernas cortas y zambas del bulldog, ancho de pecho, los brazos más largos de lo normal; se paraba sólidamente sobre los talones con los pies bien separados; su cara de indio ladino parecía pétrea; usaba el cabello cortado en cepillo y sus pupilas inquisitivas le bailaban en las conjuntivas irritadas tras unos lentes oscuros que se le resbalaban a menudo de la nariz, por el sudor alcohólico que le rezumaba de toda la faz; los tomaba nerviosamente con el pulgar y el índice para volver a calárselos abriendo los resortes que los ajustaban y repetía el acto hasta convertirlo en un tic. Su voz era marcial, pero hablaba con el dejo socarrón del pelado, empleando sus mismos giros burdos».

Pero el personaje es mucho más complicado de lo que parece: es melómano. Aficionado en extremo al coñac Hennessy (lo normal, una docena de coñacs tras la comida) y a decir malas palabras, cuando se emborrachaba se volvía locuaz y hablaba de mecánica celeste e historia militar. Aunque Nemesio García Naranjo lo matiza: «Huerta era como Mitridates, tenía domesticado al alcohol», e Ignacio Muñoz, para demostrar que Huerta no era un borracho, utiliza una cita no muy afortunada del general Gorostieta: «Nunca vi en mi azarosa vida de soldado, un cerebro más resistente que el de mi general Huerta. Podía tomar hasta tres botellas de coñac en un solo día y su lucidez no se opacaba nunca».

Manuel Bonilla rescata el retrato de Huerta que un amigo de ambos le hizo: «ambicioso, de poquísimos escrúpulos, empedernido dipsómano, ladino y taimado, para quien la vida humana tenía un valor insignificante. Era además un hábil mimetista [...] era valiente y no carecía de ingenio». Prida dirá: «Por instinto natural es mentiroso, pero procura aparentar que es no sólo sincero, sino hasta ingenuo». Vera Estañol (su futuro colaborador) completará: «amoral por idiosincrasia, abúlico por los efectos del alcoholismo habitual, disoluto en su conducta personal y desordenado en el manejo de los negocios públicos». Sólo García Naranjo desde su óptica hiperconservadora dará una nota positiva: «El pueblo también, con esa clarividencia que le caracteriza, se dio cuenta de su vigorosa personalidad». Eduardo Galeano dirá muchos años después, que tenía «cara de muerto maligno».

Como se ha visto, ni la trayectoria ni los retratos son generosos con el personaje que acaba de ser nombrado jefe militar de la ciudad de México y responsable de acabar con el golpe militar.

14

La Ciudadela

Fachada de La Ciudadela

Felixistas en la azotea

Félix Díaz recordará años después: «Aunque La Ciudadela no era un recinto militar, ahí se encontraban los pertrechos de guerra que necesitábamos». ¿Para qué los querían? ¿Para batir a una fuerza casi diez veces inferior en número y armas? El caso es que los acobardados golpistas, ciertamente se dirigía hacia un imponente depósito. En La Ciudadela hay nada menos que 27 cañones, 85 mil rifles, 100 ametralladoras, 5 mil obuses y 20 millones de cartuchos.

La Ciudadela, un recinto de fuertes muros que ya había sido escenario de asonadas y motines militares en el siglo XIX, estaba a cargo del general Dávila y, previsoramente, Lauro Villar había mandado horas antes al general Villarreal a hacerse cargo del fortín.

Los golpistas arriban a la enorme plaza que se encuentra ante el recinto. Mondragón manda emplazar dos cañones y le pide la rendición al general Dávila. Ante la negativa se hicieron dos disparos. Fue suficiente. La traición desde el interior resuelve el enfrentamiento. Los oficiales que dirigían las ametralladoras en la azotea se voltearon y comenzaron a tirar hacia el interior. Cae herido el general Villarreal, al que rematan de un tiro en la espalda. La traición abre las puertas.

El diario de Tablada permite fijar la hora aunque se equivoca en la interpretación: «11:30 am. J.M.A. me habla por teléfono. Dice que están tirando con metralla sobre la ciudad desde La Ciudadela». No, estaban tomando La Ciudadela.

Mondragón y Félix Díaz organizan la defensa, reparten y sitúan ametralladoras y cañones, arman a los civiles. ¿Qué pretenden? ¿Por qué no pasan a la ofensiva? Nadie los está hostigando. Cuentan con la mayoría de la guarnición de la ciudad de México y no saben qué hacer con ella fuera de encerrarla entre los muros de La Ciudadela.

En el Zócalo hacen su aparición camionetas de la Cruz Blanca y el coche del embajador de Japón, que se ofrece para sacar y llevar a varios hospitales a los heridos.

Madero, mientras tanto, ha logrado reunir a la mayoría de los ministros de su gabinete, que en una sesión de emergencia hacen un primer balance de la situación. Se decide enviar a La Ciudadela al jefe de la policía López Figueroa para que pida la rendición de los rebeldes; suspender el servicio particular de telégrafos hacia el interior y el teléfono suburbano, para dificultar las comunicaciones de los alzados. La medida se organiza casi de inmediato, porque en el diario de Tablada se registra que a las 10:50, «pretendo volver a hablar por teléfono y me contestan de la Central que están rompiendo las líneas y que ya no hay en servicio más que una sola…».

La acción fundamental será llamar a la ciudad de México al general Vasconcelos, al general Blanquet que se encuentra en Toluca con el 29° Batallón, al general Medina Barrón con el 30° Batallón situado en Teotihuacán, al numeroso cuerpo de voluntarios que comandaba en el estado de Puebla el coronel Ocaranza, y por último, al coronel Rubio Navarrete. El ministro de Guerra García Peña señala que los leales, además de ser muy pocos, se están quedando sin cartuchos. Madero decide además no repartir armas a los civiles que se las demandan ante Palacio. Un nuevo desacierto que lo hace depender totalmente de los militares.

Los periodistas no tienen ningún problema para acercarse a La Ciudadela, gracias a esto será posible ver, años más tarde, las primeras fotos de los alzados: desde luego Cecilio Ocón, que ha sido nombrado responsable económico del movimiento, pagador y comprador; Mondragón y Félix Díaz vestidos de civil junto a sus subordinados, que portan toda la variedad de uniformes del ejército mexicano pero que no desentonan, porque en las fotos proliferan los civiles, que contrastan la ropa lujosa con las cartucheras terciadas. El subteniente Urquizo, que dejará escritas las mejores páginas sobre esos días terribles y cuyo cuartel de guardias presidenciales está enfrente del cuartel de los rebeldes, da cuenta de los «elegantes civiles»: sacos ajustados y muy largos, pantalones entallados y bombín. Y Tablada registra en su diario que a las dos de la tarde «mi amigo B.B. (que vive cerca de La Ciudadela) me cuenta que al volver a su casa y al pasar por una de las bocacalles inmediatas de dicho establecimiento, distinguió a un grupo de señoras y señoritas de familias muy conocidas, repartiendo cigarros y golosinas a soldados y oficiales de las tropas sublevadas». Sánchez Azcona añadirá el dato de que muchos de los jóvenes presentes de la burguesía eran españoles o hijos de españoles residentes en México: gachupines. La oligarquía se ha revolucionado y mandado a sus vástagos a la guerra, a muchos de ellos los acompaña su chofer, el jardinero o el mayordomo.

José C. Valadés, con una acritud que no es habitual en él, define a las fuerzas civiles que se sumaron a los encerrados en La Ciudadela: «vagos, despechados y catrines [...] Aquí el petimetre que constituyó la clase más adornante y favorecida de las postrimerías del régimen porfirista, aparece en orgía sediciosa. Nada hay entre estos petimetres sublevados que denote el dolor social, ni la ambición justa y racional, ni la convicción política, ni los ideales de un futuro».

Los guardias presidenciales privados de oficiales superiores no saben cómo actuar. Finalmente serán capturados y llevados por los sublevados a La Ciudadela. De ahí se escapa Urquizo, no sin antes testificar que es detenido el mayor López Figueroa, quien viene a pedirle a los alzados que se rindan, que ha arribado buena parte de la policía montada para sumarse al movimiento y que conforme avanza la tarde, circula abundantemente el alcohol.

¿Qué están celebrando?

15

Cuernavaca

Madero y Felipe Ángeles

A las tres de la tarde, el presidente Francisco Madero tomó una decisión inusitada: comprendiendo que la ciudad de México estaría perdida si no sumaba fuerzas, y que éstas estaban fuera de la capital, salió hacia Cuernavaca en un coche abierto. Friedrich Katz comenta: «Madero tomó una decisión que no sólo era peligrosa sino que, en cierto modo, podía considerarse temeraria. En un automóvil con unos cuantos hombres, sin escolta militar, Madero se trasladó a Cuernavaca, donde estaba Felipe Ángeles con sus tropas. Era una empresa muy riesgosa y llena de peligros, dado que grandes trechos de la ruta entre ambas ciudades estaban bajo el control o bajo ataques frecuentes de tropas zapatistas hostiles a Madero. Adolfo Gilly, sin embargo, dice: «Aunque, pensándolo bien, tal vez ir en un solo auto y sin escolta era el modo más seguro para que Madero se lanzara en plena guerra al riesgo de cubrir el trayecto entre ambas ciudades y llegar a tiempo». Fuera la desesperación o la certeza, el presidente abandonó la ciudad envenenada por la conspiración y buscó el oxígeno que necesitaba a setenta kilómetros de Palacio.

En Tres Marías, Madero se trepó a un tren de reparaciones con varios soldados de escolta. Abordó más tarde un tren militar. En la estación lo esperaba el general Ángeles.

Felipe de Jesús Ángeles, ese hombre delgado, enjuto, elegante, que iba a cumplir 45 años, nació en un pueblo del estado de Hidalgo, hijo de un ex militar juarista convertido en agricultor acomodado. A los 13 años entró al Colegio Militar de donde salió como teniente de ingenieros. Hizo ascensos escalafonarios en el ejército, más por antigüedad que por méritos. Retornó al colegio como profesor, donde enseñó balística, matemáticas y artillería. Al inicio del siglo viajó a Francia para estudiar la manufactura de los cañones Schneider Canet de 75 mm que había comprado Porfirio Díaz, en 1902 volvió para estudiar ahora los Saint Chaumont de Mondragón. Ya como teniente coronel viajó a Estados Unidos para estudiar la pólvora sin humo. La revolución lo sorprendería con grado de coronel. Más profesor que militar, no intervino en la represión del alzamiento del 10. Madero lo nombró director del Colegio Militar, pero sorpresivamente el

3 de agosto de 1911 lo envió a reprimir el alzamiento zapatista en Morelos con cuatro mil soldados. Se dice que a diferencia de Victoriano Huerta, que lo había antecedido, Ángeles trató caballerosamente a los alzados. Pero al fin y al cabo era el general de un ejército porfirista levemente reciclado, un ejército que, ante la revuelta social, defendía a los grandes hacendados morelenses.

En Cuernavaca, Ángeles alojó al presidente en el Hotel Bellavista, propiedad de una inglesa amiga suya. Durante la cena se congregó un grupo de manifestantes en la plaza que gritaba: «¡Muera Madero!». Hasta ahí había llegado el odio de la oligarquía, a pesar de que Madero había sido su escudo contra el zapatismo.

¿De qué hablaron Ángeles y el presidente? ¿Por qué Madero había elegido a Felipe Ángeles y no a otro de los generales que se encontraban en ciudades tan próximas como Cuernavaca? Quizá porque era de los pocos militares que le daban confianza; quizá por razones más simples, porque a diferencia de la mayoría de los generales porfirianos, Ángeles era un hombre culto y además (y quizá algo tan anecdótico como esto había sido la clave), porque Felipe había sido su habitual compañero de paseos a caballo por Chapultepec, cuando era director del Colegio Militar.

Madero ha dejado atrás una ciudad en armas en la que sin embargo no se combate. Huerta en Palacio. Díaz y Mondragón en La Ciudadela, sin intención de pasar a la ofensiva. Quietos y observándose. Los militares están inmóviles pero la base radical del maderismo incendia los periódicos de la derecha conservadora:

El Imparcial, *El País*, *La Tribuna* y *El Heraldo*; arden también los restos de la prisión militar de Tlatelolco.

Sea porque quiere librarse de un testigo incómodo de sus previas conversaciones con los golpistas o porque quiere dar muestra de su absoluta fidelidad, Victoriano Huerta ordena el fusilamiento del general Gregorio Ruiz junto con quince de los aspirantes detenidos. Luego se dirá que la consigna provino de Gustavo Madero, cosa improbable dada la estructura jerárquica del ejército, que un civil sin cargo en el gabinete, por más hermano del presidente que fuere, pudiera tomar esa decisión. Se dice, y Urquizo lo relata, que Ruiz ordenó su propia ejecución, dando la orden de fuego a la escuadra de fusilamiento.

En la noche, Madero regresó en automóvil a la ciudad de México, cubierto con varias mantas y con Ángeles a su lado. Los dos mil hombres de la tropa del general se han estado concentrando en Cuernavaca y lentamente comienzan a movilizarse hacia la capital. A esa misma hora el embajador norteamericano, Henry Lane Wilson, del que habrá mucho que contar en los próximos días, pidió al gobierno que cerrara cantinas y pulquerías en la ciudad de México. Como si el gobierno desangelado por las muertes, las capturas y las deserciones pudiera ocuparse de desarmar físicamente a los borrachos de una ciudad en la que se acostumbraba beber con singular alegría.

El primer día ha terminado con una derrota parcial para los sublevados. Cuando meses más tarde el general Manuel Mondragón ajustó cuentas con sus compañeros golpistas, escribió: «Nadie ignora, amigo

Félix [Díaz], que yo fui quien concibió primero el pensamiento de la revolución; que yo mismo comprometí a la oficialidad; que yo asalté los cuarteles de Tacubaya y formé las columnas que se dirigieron a la Penitenciaría y al cuartel de Santiago; que yo igualmente abrí las bartolinas en que se encontraban el general Reyes y usted; que yo puse a ustedes dos en libertad; que yo, por fin, después del desastre frente a Palacio Nacional, ocasionado por el impulsivismo de Reyes y la impericia de usted, reuní la fuerza dispersa y ataqué La Ciudadela, logrando su inmediata rendición. En la fortaleza, yo dirigí la defensa, con una constancia que pueden atestiguar todos los revolucionarios. Yo construí parapetos, abrí fosos, levanté trincheras y dirigí personalmente todas las operaciones militares». Lo que a Mondragón le faltaba decir en su autoelogioso resumen es que una vez iniciado el movimiento, el golpe militar tenía demasiadas cabezas y que él cedió el mando a quién sabe cuál de ellas; que esas cabezas actuaron sin coordinación provocando el fracaso y desde luego, lo que tampoco dirá es que los alzados tenían tres mil hombres y artillería abundante ante un Palacio Nacional defendido por 300, y que se fueron a esconder a La Ciudadela y allí habrían de permanecer 48 horas antes de ser atacados.

16

El segundo día, el plan de ataque

Las tropas leales emplazando la artillería

Madero y Ángeles entraron a la ciudad el lunes 10 de febrero al amanecer por el rumbo de Xochimilco y Tepepan, donde los esperaba el general y ministro de Guerra, Ángel García Peña. El presidente le ordenó a García Peña que tomara el mando de las tropas leales y designara a Felipe Ángeles como jefe de su Estado Mayor a cargo de las operaciones. García Peña, timorato, se resistió. En ese ejército federal de estirpe porfiriana no se podía violentar el escalafón y Ángeles era apenas general brigadier; nombrarlo por encima de muchos otros sería perturbar al ya perturbado ejército. Se decidió mantener en la jefatura de la plaza, y por lo tanto a cargo de la fuerza combatiente, a Victoriano Huerta. Derrotado el punto de vista de Madero, éste intenta al menos tener algún hombre de confianza en el Estado Mayor y propone que Felipe se quede al lado de Huerta y se convirtiera en el enlace con la presidencia. El ministro de Guerra ignoró la propuesta del presidente.

Esa misma mañana se celebró un consejo militar al que asistieron los generales Cauz, Sanginés, Delgado, Ángeles, Mass, el coronel Castillo y Victoriano Huerta. Huerta propuso un plan para el ataque a La Ciudadela que consistía en el avance simultáneo de cuatro columnas dirigidas por Ángeles, Gustavo Mass, Cauz y José María Delgado, con los rurales a caballo como reserva y Rubio Navarrete a cargo de la artillería leal. El plan era muy poco imaginativo y bastante poco serio. Nadie en ese consejo de guerra sabe lo que tiene enfrente. La Ciudadela no está cercada. No se ha realizado ningún tipo de exploración y no se sabe cómo son las defensas y si los que se encuentran en La Ciudadela han creado reductos avanzados; no se precisa la disposición de la artillería para apoyar a las columnas de infantería y no se toma en cuenta que los alzados tienen cuatro veces más cañones que los atacantes. Peor aún: no se toma en cuenta el centenar de ametralladoras con las que cuentan los alzados y el peligro que significa que las líneas de aproximación desde la Alameda y Balderas esten expuestas a un fuego directo en calles muy anchas.

Hacia las seis de la tarde, las tropas de Ángeles, unos dos mil hombres y una batería de artillería, habían llegado de Cuernavaca escalonadamente, muy cansados del viaje porque una parte del trayecto se había hecho a pie. También habían arribado cuatro regimientos de rurales de Celaya y de Teotihuacán (que fueron concentrados en los llanos de la Tlaxpana) y las tropas de Rubio Navarrete, que venían de Querétaro. Había un cierto optimismo entre los leales porque se habían logrado reunir a casi seis mil combatientes, en contraste con los dos mil que –se suponía– mantenían La Ciudadela. Pero la lentitud de la contraofensiva dará a los golpistas dos días para organizarse.

Noche de tensión mientras las fuerzas leales se van aproximando a tomar las posiciones ordenadas.

17

Extrañas reuniones, cargas suicidas

Uno de los rurales herido

En la mañana del martes 11 de febrero, a las diez, media hora después según otros testimonios, se escuchó el primer cañonazo. El diario de Tablada lo registra: «Ha comenzado el cañoneo en México; con intervalos de un minuto se perciben fragores resonantes; sin duda se trata de piezas de gran calibre y luego sonoridades más secas y débiles; tal vez ametralladoras o fuego de fusilería».

Huerta, uniformado de caqui y cubierto con un gran capote, dio la orden de iniciar el fuego de artillería, pero Ángeles, encargado de la principal sección de cañones, encontró que sólo tenía obuses de metralla (granadas *shrapnel*) que poco o ningún daño podrían hacerle al edificio. Decide entonces intentar incendiar el techo de La Ciudadela. La artillería de Rubio Navarrete no tiene claramente fijados sus objetivos. ¿Debe bombardear La Ciudadela o apoyar el avance de la infantería?

Las primeras fotos de los atacantes muestran el desconcierto de la aproximación, el quién es quién, las dudas respecto hasta dónde han adelantado sus defensas los alzados. ¿Sólo ocupan el edificio o han avanzado líneas? Pronto descubrirán que tienen multitud de posiciones en las calles aledañas. ¿Dónde están los francotiradores? ¿De dónde surge el fuego?

Urquizo, que ha sido habilitado como mensajero, da la dirección de ataque a la tropa del coronel Castillo que está a la vanguardia de la columna de Ángeles: calle Morelos, Bucareli hacia La Ciudadela. Se espera que los alzados hayan colocado avanzados a un par de cuadras, pero la zona que controlan es mucho más amplia. «El dominio de los rebeldes se había extendido bastante [...] Súbitamente, un vivo fuego de ametralladoras cayó sobre nosotros. Quedó muerto el coronel Castillo. Yo caí a tierra lanzado por mi caballo encabritado, que herido por varios proyectiles cayó también muerto. Fue una sorpresa tremenda, una verdadera siega. Los caídos en tierra probablemente pasaban de un centenar [...] Aquello era el infierno». Las ametralladoras y la artillería de los alzados disparando al ras hacen estragos.

Las cuatro columnas son frenadas. Después del fracaso de los ataques frontales, se combate casa a casa, en las azoteas, rompiendo paredes y saltando por encima de los pretiles, escondiéndose en los tendederos. La confusión de civiles y uniformes es terrible. ¿Esos soldados son leales o alzados?, hay que esperar a ver hacia dónde disparan para saberlo. ¿Esos civiles de qué lado están?

Muchos autores que han narrado la historia de lo que luego se llamaría «la Decena Trágica», aseguran que ese día se celebró una entrevista entre Félix Díaz, general en jefe de los rebeldes y Victoriano Huerta.

Hay muchas versiones, desde los que aseguran que «se podía ver al propio general Díaz, sin mayor hostigamiento y a plena luz del día, pasearse por las calles capitalinas para asistir a una entrevista con un enviado de Huerta, Manuel Huasque, en el restaurante El Globo», hasta los que aseguran que a esa primera reunión de enlace siguió otra en la que Huerta se reunió con Félix Díaz en la casa de su compadre, compañero del Colegio Militar y de borracheras, Enrique Cepeda, en la colonia Roma. Los protagonistas de la historia en futuras declaraciones negarían la existencia de tal reunión. Acontecimientos posteriores demostrarían que la reunión entre los dos generales nunca existió, pero que el rumor tenía sustento. Enrique Cepeda y un felixista se reunieron y hablaron por sus generales. Y sin duda el enviado de Díaz trató de convencer al portavoz de Huerta de que se sumara al golpe. Probablemente el hombre de Huerta no dio seguridades y se dejó querer. Aun así, se abrieron las puertas de un diálogo que excluía al presidente y a las autoridades republicanas y se situaba en el terreno de la traición.

Lo cierto es que en la tarde se produjo uno de los actos más absurdos de toda la batalla de La Ciudadela.

Victoriano Huerta dio la orden de lanzar una carga de rurales. Urquizo describe los toques de clarín y cómo lentamente dos regimientos de rurales, vestidos elegantemente de charros, en una línea de 16 hombres y con 40 filas de fondo, fueron pasando del paso al trote hasta lanzarse a galope por la calle Balderas.

El recinto de La Ciudadela tenía frente a sí un amplio espacio abierto que doblaba su tamaño, en cuyo centro se encuentra la estatua de Morelos. Para llegar al edificio una vez entrado en la zona descubierta había que recorrer trescientos metros a pecho abierto. Ni siquiera lograron llegar hasta ahí. Sable en mano los rurales cayeron en medio de un fuego cruzado de ametralladoras, situadas en las bocacalles, que los despedazaron. Habían sido usados como «simples blancos de entrenamiento». Urquizo resume: «Sólo siendo muy animal se podía creer que pudiera tomarse una fortaleza montados a caballo y caminando por un lugar barrido por las ametralladoras». La calle queda tapizada de cadáveres de hombres y de caballos

Los rumores dominan la ciudad, Tablada los registra. Ante la ausencia de periódicos la voz popular añade e inventa, se apropia de la desinformada situación: «que Huerta ha sido herido y Blanquet muerto; que el Hotel Imperial, frente al Café Colón, el nuevo teatro, el Correo y Palacio están destrozados por los proyectiles de artillería; que Díaz ha llegado a Palacio».

Esa misma tarde está a punto de producirse un motín entre las tropas de Felipe Ángeles. Los soldados acusan al general de haber enviado al coronel Castillo directo a la muerte en una zona extremadamente peligrosa. La intervención de otros oficiales disculpa al general, pero cuando aún están los ánimos calientes, un joven de la burguesía (venía con su chofer), sobrino del gobernador del estado de México, trata de amotinar a la tropa llamándola a que se sume a los alzados, Ángeles ordena su detención. Nunca quedará claro su destino: o el general ordenará su fusilamiento, el joven intentará huir y su escolta lo ejecutará o los que lo conducían detenido deciden por su cuenta y riesgo ejecutarlo. Sea uno o lo otro, esta historia perseguirá al general Felipe Ángeles en el futuro.

Hacia el final de la tarde se puede hacer un balance de la jornada. Un cronista reseña: «amargura, desolación y desesperanza en las filas gobiernistas, mientras que en La Ciudadela festejaron jubilosamente».

Madero recibe el informe del fracaso de labios de Huerta y la inmensa lista de bajas. No sólo hay descontento por el desastre de las operaciones. Madero le reclama al general en jefe que esté dejando entrar víveres a La Ciudadela; Huerta al principio lo niega, pero enfrentado a testigos que lo han visto, termina diciendo que es una táctica para concentrar allí a los rebeldes y luego rematarlos.

¿Los resultados de la reunión entre Cepeda y el enviado de Díaz están dirigiendo las operaciones militares? ¿Existe un pacto secreto? ¿O simplemente Victoriano Huerta es simultáneamente un inepto que desprecia las vidas de sus hombres y que no quiere que el conflicto desestabilizador de la presidencia de Madero termine?

Ángeles comentaría: «Huerta estaba conduciendo

las operaciones de manera tan disparatada, que la conducta de aquel parecía más que sospechosa». Hasta Rodolfo Reyes reconocería en sus memorias que si la artillería de los leales maderistas se hubiera colocado correctamente, el edificio hubiera quedado hecho pedazos.

La actitud de Huerta provoca muchas suspicacias entre los maderistas, pero el presidente decide confirmarlo en el mando. Se decide también avanzar perforando paredes en los edificios para aproximarse a La Ciudadela, hasta poder tomar posiciones que les permitieran a los leales lanzar un asalto frontal. Huerta dice que será complicado por la «falta de ingenieros militares».

Una sola buena noticia para el presidente: los aspirantes que estaban actuando como francotiradores en la torre de catedral se han fugado con la complicidad de los sacerdotes y disfrazados de curas, claro.

Según los informes periodísticos, la jornada dejó quinientos muertos. En un reporte, el embajador japonés manejaba otra cifra: «Durante ocho horas, hubo terribles combates en las calles del centro, resultando más de trescientos muertos y quinientos heridos de los dos bandos [...] La fábrica de cigarros del Buen Tono prestó sus camionetas para recoger cadáveres. El alumbrado público estaba completamente apagado; pocos transeúntes por las calles; de vez en cuando se oían disparos aislados de fusil».

A lo largo de la noche el fuego de artillería iría disminuyendo.

18

Sábanas que se rasgan

Las tropas del cerco

A las seis de la mañana del miércoles 12 de febrero, el fuego de artillería se volvió muy intenso y duró prácticamente todo el día con tan sólo una irrupción hacia las doce y media de la mañana. Dos personajes, a varios kilómetros de distancia, registraban que bajo el tronar de los cañones, las ametralladoras tenían un sonido muy peculiar. Tablada dirá que «el tableteo, la crepitación peculiar de las ametralladoras es muy perceptible» y el periodista norteamericano John Kenneth Turner, famoso entonces en el país por su *México bárbaro* y que está en la ciudad trabajando como reportero, recordará que Felipe Ángeles le dijo que las ametralladoras suenan como sábanas que se rasgan.

¿Y a quién disparan los cañones y las ametralladoras de leales y alzados? Supuestamente la artillería gubernamental está intentando dañar el edificio de La Ciudadela con poco éxito, los edificios de la demarcación de policía, la YMCA y la iglesia de Campo Florido, donde tienen una avanzada los rebeldes. La artillería de La Ciudadela parece no tener objetivos claros y sus bombas alcanzan indiscriminadamente a blancos civiles y militares, como si crear el caos fuera su destino esencial.

En esos bombardeos, los rebeldes ponen especial intención en la cárcel de Belén y uno de los impactos perfora los muros. Se produce un motín y un intento de fuga masiva; habrá detenidos, muertos y capturados, pero Félix Díaz contará que muchos de los presos irían a La Ciudadela a sumarse al alzamiento. Tablada, desde una visión pequeñoburguesa, añadirá: «como salen hambrientos y soliviantados por los sucesos, no sería difícil que partidas de ellos intentaran incursiones a los pueblos limítrofes de la capital».

La batalla se ha convertido en una serie de pequeños combates en la zona periférica de La Ciudadela. Se pelea por el control de la sexta delegación de policía en Revillagigedo y Victoria. Los rebeldes se hacen con ella y desmontan tres cañones federales. La recapturan los leales e intentan progresar, pero la artillería los hace retroceder. Ya se habla de metros para calibrar los avances.

Huerta no ha organizado la intendencia, los combatientes gubernamentales no tienen cocinas de campaña ni un sistema de abasto. Gustavo Madero consigue dinero para pagar diez mil emparedados y organiza comisiones de civiles para que repartan tortillas, pan y carne asada a los soldados. Muchos cadáveres permanecen tirados en las calles.

A media tarde, Huerta lanza una segunda carga de rurales a caballo con los mismos desastrosos resultados del día anterior. No es posible que no supiera lo que iba a suceder. Y si lo sabe, en su lógica de mantener el conflicto vivo y sin resolución, ha sacrificado a un centenar de hombres. El caos domina la escena. Los rebeldes se limitan a defenderse y a causar el máximo daño posible a los combatientes gubernamentales y a la ciudad y sus habitantes, con una táctica que más que militar parece política: demostrar que el gobierno de Madero es impotente para frenarlos, que el presidente no puede detener la guerra civil.

Y en esta operación encuentran a un aliado que será fundamental: el embajador estadounidense Henry Lane Wilson quien, en sus cables al gobierno de su país y en sus comunicados a la prensa mexicana y a otros embajadores, comienza a decir en voz alta que el gobierno es impotente para sofocar la rebelión. Utiliza toda clase de argumentos, desde engordar las cifras de las bajas –dirá en un reporte telegráfico al State Department que hay 1,200 heridos en la Cruz Blanca, lo cual era absurdo porque las instalaciones de la sociedad benéfica no podían albergar ni una décima parte; o que «sobre quinientos o seiscientos americanos han sido arrojados de sus casas por las tropas o por las balas y han buscado refugio en la embajada» (de nuevo multiplicando por diez)– hasta la envenenada medida de hacer llegar a leales y sublevados el mensaje de que el presidente de

Estados Unidos está pensando en desembarcar marines en los puertos mexicanos para proteger la vida y propiedades de norteamericanos. Y, llegando al límite de la intromisión en los asuntos nacionales, encabeza una comisión diplomática que visita Palacio, habla con el ministro de Relaciones Exteriores y luego se entrevista con Félix Díaz en La Ciudadela, quien recibe a los diplomáticos extranjeros con todos los honores militares.

19

Henry Lane Wilson

El embajador estadounidense

Henry Lane Wilson había presentado sus credenciales como embajador de los Estados Unidos el 5 de marzo de 1910 ante Porfirio Díaz y le tocaría representar a su país ante el gobierno de la primera revolución. A su vez, Henry representaría a su país en México al servicio de dos presidentes: William Howard Taft y Woodrow Wilson.

Nacido en 1857 –tenía por tanto, 56 años– era abogado y había sido propietario de un periódico en Indiana y embajador en Bélgica y Chile. Era un republicano de derecha que hablaba correctamente el español. Una fotografía tomada en 1911 y que se encuentra en los archivos del Congreso de los Estados Unidos lo muestra muy elegante, con un gabán muy porfiriano y en la mano derecha un bombín; la mirada ceñuda, el pelo peinado partido a la mitad, pañuelo en bolsillo superior. Parece lo que es: un diplomático. Pero no resulta muy diplomático ni en las formas ni en el estilo.

Según Martín Luis Guzmán, el odio de Henry contra el presidente Madero se originaba en una petición fallida y muy poco ortodoxa. La esposa de Wilson le había dicho a Sara Pérez, la fiel compañera de Madero, que su marido necesitaba un negocio que le proporcionara el gobierno mexicano y que le diera unos 50 mil pesos anuales, pues «el sueldo que le daba la Casa Blanca no le bastaba para mantener la dignidad de su cargo». Madero decidió ignorar el mensaje. Sara recordaría más tarde que cuando sus allegados le pedían al presidente que solicitara la expulsión de Henry Lane, quien comenzaba a intervenir de manera cada vez más agresiva en la política mexicana, Madero contestaba: «Va a estar aquí poco tiempo y es mejor no hacer nada que contraríe a él o a su gobierno».

Wilson, mientras tanto, comenzó a decir a todo aquel que quisiera oírlo que Madero era un lunático incapaz de dirigir el país.

Su momento llegó con el golpe militar.

20

¿Una reunión de generales?

El reloj de Bucareli

El jueves 13, un cañonazo disparado desde La Ciudadela destruyó una de las puertas de Palacio Nacional. No causó bajas, pero demostró que la artillería de los rebeldes tenía a Madero a su alcance. Había logrado con aquel obús solitario un efecto psicológico inmenso. Desde el primer día del golpe, el presidente había estado viviendo en Palacio, sin abandonarlo ni por un instante.

A las 11 de la mañana, dos batallones de las fuerzas gubernamentales, el 2° y el 7°, progresaron hasta la esquina de Victoria y Morelos; los frenó la metralla. El combate más importante se produjo entonces en la iglesia de Campo Florido, en la calle Doctor Vértiz, una batalla de una hora en la que las tropas leales defendieron el campanario contra los ataques de los sublevados.

Urquizo cuenta: «El cañoneo era tan intenso que muchos de los cristales de las ventanas de las casas se rompían por vibración atmosférica. Por todos lados se oía el zumbar de las balas. Los proyectiles de la artillería cruzaban por todos los rumbos de la ciudad enviando innumerables fragmentos y balines que iban a incrustarse en las ventanas, en los muros de las casas y hacían cientos de víctimas entre la gente no combatiente». Tablada añade: «Durante todo el día ha seguido el cañoneo, exasperante, rabioso, infernal, sembrando la muerte en la ciudad y arruinando las propiedades [...] Cinco días de diabólico cañoneo dentro de una ciudad, es algo de inaudita barbarie [...] Lloran en estos instantes centenares de viudas y de huérfanos; sufren las mujeres y los niños, comienza el hambre a sentirse en los hogares de la gente pobre que no come porque no trabaja. ¡Y mañana vendrá la peste! La perspectiva no puede ser más desoladora».

Nuevamente no existe en la dirección de las tropas del gobierno una clara idea de qué es lo que se está haciendo y por qué o de cómo utilizar su superioridad numérica, ni siquiera aparece una voluntad de cercar totalmente el reducto rebelde, en la perspectiva de rendirlo por hambre; y en los alzados no hay más que una motivación desestabilizadora que pone todos sus huevos en la canasta de una reacción política. Victoriano Huerta y los generales de La Ciudadela están moviendo nuevas cartas bajo la mesa.

Wilson sigue enviando y difundiendo informes alarmistas: «Durante el fuego de esta mañana el Club Americano fue completamente destruido». La versión era falsa, no habían sido más que unas balas perdidas que dieron en la fachada y dos bombas que estallaron en el patio rompiendo algunas ventanas y muebles. Lo que sí voló parcialmente, alcanzado por un impacto directo de artillería que le dejó el esqueleto descascarado, fue el emblemático reloj de la calle Bucareli.

En la noche del 13 al 14, el cónsul estadounidense Arnold Shanklin, que estaba atendiendo a sus paisanos en el patio de la embajada, recibe la visita de un enviado de Huerta, el ingeniero Enrique Cepeda –al que identifica erróneamente como el hijo ilegítimo del general y quien era realmente compadre de Victoriano–. Cepeda le pide que lo comunique con el embajador. Wilson lo recibe rápidamente y el enviado de Huerta le da a conocer los detalles de un plan que permitiría que Huerta y Félix Díaz se encontraran y cerraran filas eliminando a Madero. Huerta le pregunta por intermedio de Cepeda cuál es la opinión del embajador y si aprobaría dicho movimiento. Wilson debe de haberse frotado las manos de júbilo: ¡Una reunión de generales con Madero al absoluto margen!

Wilson no conocía a Victoriano Huerta, pero tenían un importante amigo en común que le ofrecería todo tipo de referencias: el principal asesor y compañero de borracheras del embajador estadounidense, William Buckley, solía tomar con el general Huerta más de una copa y era también uno de sus habituales compañeros de borrachera.

La reunión culmina cuando Wilson y Cepeda acuerdan que un mensajero confidencial mantendría el contacto.

Esta reunión, que está plenamente documentada, confirma que Huerta y Díaz no se habían visto anteriormente y que Huerta no sólo está buscando el contacto, que ya existe, sino el visto bueno de la embajada.

En México, las traiciones, como los cojones y los ovarios, vienen de a pares.

21

No renuncio

F. I. Madero

El viernes 14, los leales reciben un respiro: se anuncia la llegada de tropas que vienen desde Oaxaca y arriban a la ciudad de México dos millones de cartuchos de Veracruz. Ese mismo día, un nuevo personaje entra en escena: el general Aureliano Blanquet, al mando del 29º Batallón, que tras su arribo desde Toluca, acampa en los llanos de Tlaxpana y está fresco. Ese día entrará en combate.

Blanquet había nacido en Morelia en 1849 y debía su fama a una historia que se contaba por todos lados, y en la que se aseguraba que cuando era un joven voluntario fue miembro del pelotón de fusilamiento de Maximiliano y más aún, que él fue el que le dio el tiro de gracia. La historia era controvertida y muchos aseguraban que era una falacia. En las fotografías que se conservan del pelotón nadie podía reconocer a Blanquet y sabido era que el tiro de gracia lo daba el oficial al mando, cosa que el joven no era. Pero la leyenda prevalecía, sin duda estimulada por el propio Aureliano.

En 1877 ingresó formalmente en el ejército como subteniente y era capitán primero durante la guerra de castas. En su expediente podía leerse: «de conducta dudosa», lo que algunos traducían como «indisciplinado». José Emilio Pacheco sumaría años después: «De él se contaba que después de la campaña de Quintana Roo desollaba a los rebeldes mayas y los abandonaba en la tierra quemada por el sol.»

En diciembre de 1911, al recibir de Madero la banda de general de brigada había declarado: «Malas inteligencias nos han extraviado al extremo de suponer un mal gobierno en el legítimamente emanado del pueblo, ese gobierno sintetiza la legalidad y esto obliga al Ejército Nacional a honrarse sosteniéndolo enérgicamente o a morir por él y es deber de todo mexicano, sostener ese mismo gobierno, que para nosotros representa la legalidad más pura».

En México, frente a discursos tan ampulosos la voz popular suele decir: «de lengua me como un taco». Pero en fin, parecía que Madero podía contar con Blanquet.

Las nuevas tropas entraron ese día en acción con un resultado desastroso: a la hora de iniciarse el fuego, dos compañías con todo y ametralladoras se pasaron de bando. Otros ataques fracasaron igualmente sin haber logrado ni un palmo de avance.

Ante Madero, el general Huerta se deshizo en explicaciones argumentando que sólo contaba con tres mil hombres y que la crisis se debía a la falta de fusiles que le impedía «dar de alta a los voluntarios que se presentaban en los cuarteles». La cifra era inexacta, Huerta contaba en ese momento con más de cinco mil soldados armados.

Ya comenzaban las presiones en el interior del gobierno, tanto de parte de algunos ministros como por parte de la diplomacia estimulada por Wilson. El embajador estadounidense era incansable en la conspiración: creó un frente diplomático al que sumó a los embajadores de Inglaterra y España, amenazó con la intervención norteamericana, pidió públicamente y en comunicaciones al State Department la renuncia de Madero, conspiró con los alzados en La Ciudadela, intercambió mensajes con el general Huerta, ablandó a los sectores más tibios del gabinete de Madero y mintió descaradamente en sus comunicaciones a Washington engordando las cifras de heridos, muertos y daños, y hablando de una falsa unanimidad existente en el cuerpo diplomático.

Sujeto a tantas presiones, Madero aceptó una mediación con los alzados a propuesta de De la Barra y del embajador español Cólogan, la idea era establecer un cese el fuego para que los civiles salieran de la zona de combate. Desde La Ciudadela el general Mondragón, engreído y al que le importan un bledo los civiles, dijo que para empezar a hablar Madero tenía que renunciar.

Las presiones más fuertes caerían sobre el ministro de Relaciones Exteriores, Pedro Lascuráin, que muy pronto se ablandó y reunió con una parte de los miembros del Senado, a espaldas del presidente, para estudiar la conveniencia de pedir la renuncia de Madero. De la reunión quedaron excluidos algunos maderistas que pensaban que no era momento de debilidades ante los golpistas y las voces extranjeras.

Ante estos primeros ataques políticos, que van mucho más allá del golpe militar, Madero se mantendrá firme, dirá que él ha sido elegido y que no renunciará de ninguna manera, y enviará un mensaje al presidente de los Estados Unidos, William Howard Taft, para deshacer las amenazas de Henry Lane Wilson acerca de la posibilidad de una intervención de su país.

22

«Nervioso, pálido y con gestos extraños»

La casa de Madero incendiada

En la mañana del sábado 15 de febrero, Henry Lane Wilson convocó a los embajadores de Inglaterra, España y Alemania y les lanzó un discurso incendiario: Madero era incompetente, la chusma estaba punto de saquear la ciudad, los zapatistas se encontraban a la vuelta de la esquina. El panorama era tan holocáustico que Bernardo Cólogan, el embajador español, casi quedó convencido y decidieron llevar las presiones diplomáticas ante el poco confiable ministro de Relaciones Exteriores, Pedro Lascuráin. Poco después se le presentaron en Palacio, para preguntar retóricamente si el gobierno podía ofrecer garantías a los extranjeros, diciendo que lo responsabilizaban de cualquier daño a ciudadanos o propiedades de sus países. El mensaje llegó hasta Francisco Madero que, con elegancia pero con dureza, respondió que los diplomáticos extranjeros no debían inmiscuirse en asuntos nacionales. Los embajadores, a iniciativa de Wilson y del alemán Von Hintze, pidieron entonces una reunión con el jefe de la guarnición, Victoriano Huerta, y Madero aceptó con la condición de que Lascuráin estuviera presente.

Paralelamente, el Senado se reúne sin *quorum*, pero un grupo de 24 senadores, en sesión privada, acuerdan que hay que pedir la renuncia de Madero y se presentan en Palacio. El presidente no los recibe. Los senadores entonces arengan a una multitud fuera del edificio y agitan el fantasma de que la destitución del mandatario es lo único que puede evitar una intervención militar de los Estados Unidos.

Aunque no hay enfrentamientos importantes en torno a La Ciudadela, el bombardeo indiscriminado sigue potente. La casa particular de los Madero es incendiada, aunque no se encuentra en el interior ni en las cercanías de la zona rebelde. ¿Quiénes son los autores del hecho? Huerta es cuestionado y responde que fue producto de una granada incendiaria, pero nadie había escuchado el impacto.

A lo largo del día las tropas de Blanquet del 29° Batallón, muy dañadas por el combate del día anterior, son destacadas por orden de Victoriano Huerta para cuidar Palacio Nacional y la seguridad del presidente, relevando a los que lo defendieron el día nueve y a los cadetes del Colegio Militar; sustituye también los pases de ingreso a Palacio que estaba dando la Secretaría de Madero por pases del gobierno militar. Huerta, continuando la operación de controlar al presidente, trata de inmiscuirse en la logística de Palacio y de poner a un hombre de su confianza en la intendencia, pero Adolfo Bassó no lo permite porque tiene miedo de que intenten envenenar a Madero.

Finalmente y sin que quede claro de quién es la iniciativa, se pacta un armisticio de 24 horas desde las dos de la madrugada del sábado al domingo.

El embajador español Cólogan, cuenta que a la una de la mañana de la noche de sábado a domingo, Wilson lo citó intempestivamente en la embajada gringa. «Se me condujo misteriosamente en un coche con las luces apagadas [...] Wilson, nervioso, pálido y con gestos extraños» le informa que la caída de Madero es cuestión de horas y depende de un acuerdo que se está negociando entre Huerta y Félix Díaz.

23

«Tiro para mañana»

Mondragón y Díaz preparando los bombardeos

En la mañana del domingo 16 entran en La Ciudadela 18 carros cargados de provisiones, violando el armisticio. Los golpistas avanzan y ganan terreno en la periferia, instalando nuevas ametralladoras. El presidente Madero recibirá un informe de todos estos movimientos, convoca al general Huerta a su presencia y lo confronta. Victoriano intenta desmentir la información, pero puesto frente a un testigo termina diciendo que se trata de una maniobra táctica que prefiere que los felixistas se concentren y no se disgreguen por la ciudad. Rubio Navarrete es nombrado nuevamente responsable de la artillería con la orden de concentrar el fuego sobre el edificio de La Ciudadela, pero el militar argumenta que no tiene ni las granadas correctas ni un observatorio adecuado. Todo se disuelve, nada se concreta, todo se desvanece en palabras y disculpas, estorbos y supuestas dificultades; pareciera claro para un observador, que no fuera Madero y su eterna inocencia, que los militares acaudillados por Victoriano no quieren pelear. En esa misma reunión se bloquea un plan del coronel Rubén Morales, asistente militar del presidente, para concretar un asalto nocturno.

Poco después, el secretario del presidente, Sánchez Azcona, sorprende a Huerta en plena conferencia con García Granados, connotado conservador. También lo ha visto con Enrique Cepeda, al que todo el mundo señala como el *correveidile* de los sublevados. Sánchez Azcona confronta al general Huerta, que de nuevo hace magia con las explicaciones: Cepeda es su compadre y precisamente le trae noticias de los alzados, y remata hablando de sí mismo en tercera persona: «Antes de que alguien le tocara el pelo a nuestro *Chaparrito*, tendría que pasar por el cadáver de Huerta».

La casi totalidad de los personajes civiles en torno a Madero no tiene ya ninguna duda: Huerta está preparando la traición, pero el presidente no reacciona ante sus denuncias y reclamos.

Mientras tanto, en La Ciudadela se toma una singular foto: Manuel Mondragón y Félix Díaz se dejan retratar ante una pizarra en uno de los cuartos. En el pizarrón que tienen frente a ellos un letrero reza: «Tiro para mañana» y un esquema muy sencillo muestra una serie de blancos entre los que destaca Palacio

Nacional. Pareciera un juego de ajedrez. No pretenden salir a combatir, sólo resistir y bombardear la ciudad. Poco después de tomada la fotografía, a las dos de la tarde, los dos personajes darán orden de abrir fuego, de nuevo violando la tregua.

Los bombardeos están causando graves daños a la población civil. Alberto J. Pani cuenta que las brigadas de la sección de panteones no tenían capacidad para enterrar a tantos muertos. Tablada registra en su diario: «Los cadáveres de combatientes y víctimas ocasionales están siendo llevados por el rumbo de Balbuena donde se hacinan y, rociándolos con petróleo, se trata de incinerarlos en previsión de epidemias. La gran exedra del monumento a Juárez es, según me cuentan, un enorme amontonamiento de cuerpos sin vida. Los árboles del Zócalo están destrozados por el huracán de plomo y hierro y en torno a la Plaza de Armas [...] palacios convertidos en caballerizas, llenos de estiércol y de soldaderas que preparan el rancho o curan a los juanes. El Palacio Municipal es una ruina [...] Por todas partes sangre, luto y desolación».

Y Armando Bartra añade la historia del periodista John Kenneth Turner: «El domingo 16 se suspenden las hostilidades y los chilangos salen de sus madrigueras al recuento de los daños. Entre caballos destripados, montones de cascajo y cadáveres humeantes, un hombre de bigote y perfil afilados trata de equilibrar su cámara fotográfica frente a los restos del Reloj Chino. Una súbita descarga de fusilería rompe la paz dominical y el armisticio. El fotógrafo corre rumbo al Caballito, cuando una brigada felixista le arrebata la cámara y se lo lleva al cuartel. En La Ciudadela se identifica como periodista estadounidense, pero el general Mondragón lo envía a la bartolina, un agujero repleto de soldados ebrios».

Henry Lane Wilson escribe a Washington: «El general Huerta me ha expresado el deseo de hablarme y lo veré durante el día». Huerta le manda un mensaje cancelando la cita, pero diciéndole que tomará medidas para resolver la situación. ¿De qué situación habla? Obviamente de un segundo golpe militar para destituir al presidente Madero.

Alberto J. Pani, amigo y colaborador del presidente contaría: «En la noche del 16, además de rendir al presidente Madero mi habitual informe diario [...] referido a las activas labores de limpia desempeñadas en la zona de fuego, le comuniqué nuestra impresión [...] de un entendimiento, contra el gobierno, entre los sitiados y los sitiadores [...] El presidente Madero me calificó de demasiado suspicaz y, con la ingenuidad que lo caracterizaba, me invitó a que repitiera, delante del general Huerta –que, a la sazón, se acercaba a nosotros– lo que acababa de comunicarle. Procurando no incurrir en una peligrosa alusión directa, dije: "La gente, en la ciudad, no alcanza a explicarse –quizás por ignorancia– la tardanza en la recuperación de La Ciudadela y, sobre todo, este hecho: mientras que las fuerzas del Gobierno permanecían inactivas durante el armisticio, las rebeldes mejoraban el emplazamiento en su artillería, introducían abundantes provisiones"».

Huerta se deshizo en explicaciones. «Yo soy, señor presidente, siempre el mismo, fiel hasta la muerte». Poco después saldría de Palacio para una reunión en la casa de su compadre Enrique Cepeda, *Cepedita*, que según Sánchez Azcona, «en cantinas y prostíbulos denostaba al presidente Madero» y al que el periodista Ignacio Muñoz define como: «un desequilibrado capaz de los mayores abusos». ¿Asisten a esa reunión Félix Díaz o Mondragón? *El Sobrino del tío* lo negará en el futuro, pero sin duda alguno de sus hombres lo hizo. Ya no se trata de qué hacer, derribar a Madero, sino de cómo y cuándo. Y sobre todo se trata de negociar el poder que seguirá, el futuro, entre los primeros golpistas y los nuevos.

24

«Ustedes están precipitando la situación al correr esas bolas»

La artillería federal «descansando»

El lunes 17 febrero, las presiones para derrocar a Madero continuaron: en una más de las intromisiones de los embajadores, el alemán Von Hintze, se entrevistó con Lascuráin y le propuso que el gobierno nombrara a Huerta gobernador general de México para que terminara con el caos. Dos senadores se entrevistan con Blanquet. Éste les dice que ha hablado con Huerta y que serían necesarios diez mil hombres para tomar La Ciudadela. O sea que entre líneas estaba admitiendo que no había una salida militar contra la sublevación.

Juan Sánchez Azcona y Madero se encuentran conversando en el balcón de la esquina sureste de Palacio y contemplan a las tropas de Blanquet organizadas ante el recinto. También observan a Victoriano Huerta y Aureliano Blanquet allá abajo, dialogando animadamente. El presidente y su secretario no pueden menos que preguntarse de qué trata la conversación. Azcona está convencido de que Huerta está montado en una conspiración para derrocar al presidente. ¿Estará también Blanquet? ¿Madero sigue prisionero de su candor o al menos duda? Victoriano se despide de su subordinado con un apretón de manos vigoroso.

Poco después habrá de celebrarse una reunión del Estado Mayor a la que asisten García Peña, Huerta, Maas, Yarza, García Hidalgo y Delgado, en la que se planifica una operación de aproximación a La Ciudadela para el día siguiente. Supuestamente el plan se basaba en la toma del local de la YMCA, con lo cual según Huerta decía: «Todo habrá terminado».

Tras la reunión, el presidente se entrevista con el general Huerta. Madero le suelta de sopetón: «Acabo de saber que algunos senadores, enemigos míos, lo invitan a que imponga mi renuncia». «Sí, señor presidente –responde Huerta– pero no les haga usted caso porque son unos bandidos. Las tropas acaban de ocupar el edificio que es la llave de asalto a La Ciudadela». Huerta miente y gana tiempo. Madero vuelve a dudar, pero no actúa.

El que no dudará será su hermano, Gustavo, que pistola en mano detiene al general Victoriano Huerta en el interior de Palacio. Hay tres versiones sobre el origen de los hechos:

La primera y más simple es que Gustavo A. Madero se enteró de la reunión en casa de Cepeda y eso lo motivó a intervenir. La segunda (que viene de varias fuentes, entre ellas de Urquizo) es que el capitán Henríquez, asistente de Huerta, oyó casualmente una conversación del general, en la que quedaba claro que estaba preparando un nuevo golpe militar y se lo contó a Gustavo. Existe una tercera versión, poco sustentable y originada en el chofer Alanís, muy cercano a los Madero, según la cual Gustavo logró infiltrar en La Ciudadela a un espía vestido de soldado, que oyó conversaciones sobre las negociaciones de Huerta con Félix Díaz.

Lo que parece cierto es que, fuera por una u otra causa, Gustavo a punta de pistola había detenido a Huerta acusándolo de traición. Alguien le llevó la información al presidente que ordenó que ambos comparecieran ante él y le pidió a Huerta que se defendiera de las acusaciones de Gustavo, que entre otras cosas decía que en los combates en torno a La Ciudadela el más interesado en la derrota de los leales era su propio general. Huerta juró fidelidad y el presidente le dio 24 horas más para que tomara el recinto, le devolvió la pistola y reprendió a su hermano por impulsivo.

Victoriano se había salvado. En la versión de Urquizo, Huerta regresó a su despacho y fustigó al capitán Henríquez, que colocado en una situación extremadamente difícil esa noche se suicidó.

Huerta (o al menos su supuesta voz en su diario apócrifo) comentaría años más tarde los problemas que tuvo para elegir a las tropas que darían el golpe: «No me convenía utilizar a Delgado, ni a Romero, éste había sospechado algo y el primero era maderista y a Ángeles no podía ni darle una orden [...] Blanquet había llegado y confié en él para mi combinación final [...] este jefe se mostró reservado y poco amigo de la sublevación».

Si así fue no le costó demasiado trabajo convencerlo. Además, contaba con la simpatía o al menos la apatía de los generales Mass, Yarza, García Hidalgo y el coronel Rubio Navarrete; contaba con el grupo de senadores y desde luego con el embajador Henry Lane Wilson y parte del cuerpo diplomático, quien en esos momentos solicitaba al presidente William Howard Taft la intervención militar: «No hay duda de la inmediata necesidad de enviar formidables unidades de guerra a los puertos mexicanos, con suficiente número de soldados que puedan desembarcar con destino a los puertos del Atlántico y del Pacífico. También deben darse señales visibles de actividad y prevención en la frontera. Aquí estamos formando una guardia de extranjeros. Pronto podré anunciar que ha quedado organizada, porque este estado de cosas ya no puede continuar». Y a los embajadores les decía: «Madero es un loco, un tonto, un lunático que debe ser legalmente declarado sin capacidad para el ejercicio de su cargo. Madero está irremisiblemente perdido. Esta situación es intolerable, pero yo voy a poner orden». El embajador se transmutaba en regidor de los destinos de México.

Bartra cuenta que Henry Lane visitó ese día La Ciudadela para continuar su labor de mediación entre Huerta y Félix Díaz, y que entrevistó al periodista estadounidense que tenían detenido, «quien en confianza reconoce llamarse John Kenneth Turner y haber ocultado su nombre: "Mi vida no valdrá nada si la gente de Félix Díaz se entera de que soy el autor de *México bárbaro*". Colérico como de costumbre, Wilson lo conmina a sincerarse con sus carceleros y se compromete a liberarlo esa misma noche. En cuanto Turner se identifica, Mondragón lo condena a muerte por conspirar para el asesinato de Félix Díaz [...] El periodista espera un fusilamiento que se pospone hasta tres veces».

Los bombardeos continuaban y afectaban sobre todo a los civiles. Decenas de fotos de los periodistas locales registran los cadáveres tendidos a mitad de las calles; los edificios derruidos. Aunque los muertos deberían de ser numerosos, los informes de los embajadores, en particular de Wilson, exageraban enormemente la cantidad. Llegaron a hablar en sus despachos a Washington de hasta de ocho mil muertos, «mortandad que sabíamos todos los que estábamos en la ciudad que no existía», según la frase de Ramón Prida, quien ofrece la lista de las 44 personas cuyas actas de defunción se encuentran en el registro civil, cifra que lo único que indica es que la ciudad, bajo las bombas, no estaba produciendo actas de defunción a todos los caídos.

El capitán Garmendia, asistente de Madero, ante la ineptitud de las operaciones de los generales, había formulado un plan para volar el edificio de La Ciudadela minándolo con dinamita y utilizando los túneles de la red cloacal; el grupo de Pani en la Secretaría de Comunicaciones consiguió la dinamita en Pachuca y buscó los planos del alcantarillado, incluso llegaron a hacerse exploraciones en el colector número cuatro. Otra iniciativa de un par de aviadores, Lebrija y

Villasana, para bombardear desde el aire La Ciudadela, fue ignorada por los generales.

Así se llegó al final del lunes. Madero, que no había vuelto a Chapultepec desde que se inició el golpe, dormía en un catre en un gabinete anexo a su despacho. A mitad de la noche, Sánchez Azcona recibió al ingeniero Alfredo Robles Domínguez, uno de los cuadros políticos más importantes del maderismo original, que dijo que tenía que hablar urgentemente con el presidente. Juan duda, Madero no ha dormido más que tres horas. Finalmente lo despierta. Robles le contará al presidente que tiene pruebas de que Huerta y Félix Díaz han cerrado en principio un pacto. Madero no le hace mucho caso, rumores… «ustedes están precipitando la situación al correr esas bolas».

25

El segundo golpe

El patio de Palacio tras el segundo golpe

Hay que escaparse de los lugares comunes, de la retórica tradicional que lo convierte en «el chacal», el prototipo nacional del traidor, el marrano general, pero francamente resulta extremadamente difícil. Victoriano Huerta no sólo es un traidor en todos los sentidos del término, es realmente sinuoso, canallesco en sus procedimientos. En la mañana del martes 18 de febrero, con todos los elementos del golpe en sus manos, no enfrentará personalmente a Madero sino que coordinará una operación a cuatro bandas: detener al presidente, neutralizar a Gustavo Madero, detener a Felipe Ángeles y usar a Wilson para negociar el pacto definitivo con Díaz y Mondragón.

Invita a Gustavo Madero a desayunar en el restaurante Gambrinus, envía un mensaje a Wilson, da instrucciones a Aureliano Blanquet y sale de Palacio Nacional dejando la coordinación de la operación a su compadre, el eterno Enrique Cepeda. Henry Lane Wilson reportará a su gobierno: «El general Huerta es sobre todo un soldado, un hombre de acero, de gran valor, que sabe lo que quiere y cómo alcanzar su objetivo. No creo que sea muy escrupuloso en sus procedimientos, pero lo creo un patriota sincero y, hasta donde mis observaciones del momento me permiten formar una opinión, se separará gustoso de las responsabilidades de su puesto tan pronto como la paz y el restablecimiento de las condiciones financieras del país lo permitan. Él acaba de enviarme un mensajero anunciándome que puedo estar seguro de que va a tomar medidas que den por resultado la remoción de Madero, esto es, su caída del poder y que el plan ha sido perfectamente meditado…».

El general Blanquet, poco después de mediodía (algunos dirán que a la una de la tarde) convocó al segundo jefe del 29º Batallón, el coronel Teodoro Jiménez Riveroll, y le dio órdenes de que apresara a Madero. El coronel, con el mayor Pedro Izquierdo y cincuenta soldados, guiado por Enrique Cepeda, subió las escaleras de Palacio e irrumpió en una reunión en la que se encontraba el presidente, parte del gabinete y algunos de sus asistentes. No hay constancia de las frases que se intercambiaron, aunque en algunas versiones Riveroll, ante las preguntas de Madero, le habría dicho que el general Huerta quería verlo y el presidente contestó que entonces viniera. En lo que coinciden los testigos es que en un determinado momento el coronel le dijo al presidente que se diera por preso.

Alguno de los miembros de la escolta de Madero le gritó a los soldados que acompañaban al coronel golpista: «¡Media vuelta!» y estos obedecieron. Riveroll repitió la orden y los soldados, desconcertados, volvieron a apuntar a Madero y sus acompañantes.

Hay veces, en situaciones confusas como estas, en que un gesto resulta definitorio; en medio de una mezcla de hombres exaltados y desconcertados, de soldados que no saben a ciencia cierta qué hacer cuando su jefe les da órdenes pero el presidente les da la contraria, la reacción más rápida define la situación.

Se intercambiaron disparos y Marcos Hernández, cubriendo con su cuerpo al presidente, cayó muerto. Gustavo Garmendia, uno de los asistentes de Madero, un capitán oaxaqueño con cara de niño al que sólo lo salva el bigote, disparó a su vez matando a Riveroll y al mayor Izquierdo. Algunos cronistas han afirmado que fue el propio Madero quien disparó, pero como todos los que lo conocían podían atestiguar, Madero nunca portaba armas. Se produjeron más disparos, Enrique Cepeda quedó levemente herido. Madero se escurrió de la sala ante los soldados que no sabían qué hacer. El primer conato del golpe parecía haber fracasado.

Azcona, que llegaba en esos momentos, se encontró a Madero en el momento en que con toda sangre fría salía al balcón del salón verde, que da a la plaza, para arengar a un grupo de rurales que estaba intercambiando disparos con los del 29°. El presidente, acompañado por media docena de personas, decidió bajar al patio para hablar con la tropa que estaba de guardia. Un pequeño grupo tomó el elevador, los que no cabían, encabezados por Garmendia que traía la pistola en la mano, descendieron por las escaleras.

Cuando Madero aparece en el patio, un pelotón del 29° le presenta armas. Por fin, ¿golpistas o fieles republicanos? En ese momento se acerca un nuevo grupo de soldados, cerca de un centenar, encabezado por Blanquet, pistola en mano, y el general García Hidalgo. Madero trata de hablar con la tropa, Blanquet, que tenía la cara completamente pálida y le temblaban las manos, lo interrumpe agarrándolo del brazo. Los testimonios coinciden en las frases pronunciadas. El general le dice al presidente: «Es usted mi prisionero». Madero le responde: «¡Es usted un traidor!». El general baja la mirada y repite: «Es usted mi prisionero».

Reina la confusión. Blanquet se da cuenta de que no puede desperdiciar la oportunidad y ordena la detención del vicepresidente Pino Suárez y la mayor parte de los ministros; más tarde serán aprehendidos los generales Francisco Romero y José Delgado. En la confusión, Sánchez Azcona, junto a Jesús Urueta y al capitán Gustavo Garmendia, logran fugarse. Tras un momento de desconcierto deciden ir al cuartel general de Felipe Ángeles para movilizar a sus tropas hacia Palacio y combatir el golpe.

Madero y Pino Suárez son encerrados en uno de los departamentos de la comandancia militar y trasladados después a la intendencia de Palacio, un cuarto alfombrado, con algunas horribles estatuas de bronce y varios sillones de cuero.

Poco antes de que esto sucediera, Victoriano Huerta almorzaba en Gambrinus con Gustavo Madero.

Ramón Puente cuenta que «ya en el comedor y servido el aperitivo, Huerta finge un llamado urgente telefónico y como dice estar desarmado pide una pistola, Gustavo le ofrece galantemente la suya y se despiden». La historia de la pistola no resulta muy creíble y las relaciones en esos momentos se han enfriado a tal grado entre Victoriano y Gustavo, que difícilmente podría ser cierta, pero vaya uno a saber: todo puede ser posible.

En algunas versiones Huerta regresa después de haber confirmado telefónicamente que el golpe en Palacio había sido un éxito; en los relatos más confiables se cuenta que Huerta salió hacia el Zócalo y poco después un grupo de veinticinco guardabosques armados (la corporación que se hacía cargo de la vigilancia del bosque de Chapultepec y estaba comandada por un cuñado de Huerta) entra en Gambrinus, detiene a Gustavo, lo amarra y lo mete en un cuartito en la parte trasera del restaurante.

Mientras tanto, Blanquet pronuncia en los patios de Palacio Nacional un discurso a una multitud integrada por soldados y curiosos que se ha venido congregando al conocer las noticias. La perorata, en un alarde de cinismo, se inicia con: «Los caprichos de un solo hombre...» y se refiere a la «terquedad» de Madero, que al no haber querido renunciar, ha provocado la situación que vive la ciudad.

Huerta llegará a Palacio muy poco después y convocará por teléfono al general Felipe Ángeles a su oficina para «recibir órdenes». Sin saber lo que está sucediendo, Ángeles recorrerá el par de kilómetros que lo separa del Zócalo cruzándose con Azcona y Garmendia.

Al llegar, descubre que Madero está detenido. Huerta le suelta de sopetón: «Contra usted, general, no hay nada, sólo que tiene usted muchos enemigos porque vale mucho [...] Está usted en libertad», en la eterna lógica de que perro no come perro y que al fin y al cabo Ángeles es un militar del viejo régimen como él. Victoriano le ofrece a Ángeles tres opciones: que asuma la dirección del Colegio Militar, que acompañe a Madero a Veracruz y se exilie con él, posiblemente a Cuba, o que acompañe a Madero y luego regrese a hacerse cargo del puesto de director. Ángeles le dice que prefiere irse al extranjero. El embajador chileno está de testigo. Huerta termina la reunión ordenándole que se reporte con Blanquet. La promesa de libertad se desvanece al instante. Blanquet lo arresta y lo envía bajo guardia a reunirse con Madero y Pino Suárez.

Márquez Sterling, embajador de Cuba, verá a Ángeles: «Echado en un sofá, el general Ángeles sonreía con tristeza», estaba vestido de paisano, no creía en el posible viaje a Cuba.

Gustavo es llevado bajo escolta a Palacio, conducido por Enrique Cepeda y los guardabosques. Una muchedumbre felixista quiere lincharlo. Huerta permite que la multitud entre al patio y se produce un nuevo mitin. Parece que a los generales que acaban de dar el golpe les gusta hablar en público. El centro de su discurso es informar que Madero está arrestado y que «ya llegó el orden». «Soy un hombre que no tiene otra ambición que servir a su país».

A las dos de la tarde, Wilson recibe a Cepeda que le trae un recado de su compadre en donde le informa que Madero y «sus secretarios» están presos en Palacio y le pide que se lo comunique a Taft y le informe a Félix Díaz, en La Ciudadela. El hombre de Huerta, aún con manchas de sangre, le cuenta de la detención de Gustavo en Gambrinus. Wilson, en pleno júbilo, al fin y al cabo él ha hecho tanto como Díaz o Huerta para derrocar a Madero, dice que lo hará de inmediato y le transmite a Cepeda una felicitación al general «por su patriotismo». El embajador encarga a uno de sus asistentes, Henry Berlinguer, que a bordo de un gran automóvil se vaya a La Ciudadela. Luego ordena que pongan una bandera blanca y otra con las barras y las estrellas en los costados de su coche y se va para Palacio. En las cercanías del Zócalo los nuevos golpistas lo vitorean. El corresponsal de *The New York Times* escribe: «es poco frecuente que en México se celebre a un estadounidense». Le faltaría decir: y menos cuando es el principal colaborador de un golpe de Estado.

En La Ciudadela, la noticia es recibida con ráfagas de ametralladora y fuego de fusiles que disparan al cielo. Félix Díaz le confesará al mismo corresponsal estadounidense que hasta ese momento no sabía nada del arresto de Madero. En las cercanías, los vecinos temen que se hayan reiniciado los combates.

A las cuatro de la tarde, «grupos abigarrados de manifestantes felixistas a bordo de carretelas y de automóviles recorrían en júbilo» el centro de la ciudad. Pronto harán arder las instalaciones de *Nueva Era*, el periódico de los maderistas.

26

«Allá ellos, que se arreglen solos»

Los cuatro generales: Mondragón, Huerta, Díaz y Blanquet

A las nueve y media de la noche, Henry Lane Wilson recibe en la embajada de los Estados Unidos a Victoriano Huerta, que llega acompañado de Enrique Cepeda, el general Maas y Félix Díaz, que llega flanqueado por sus licenciados: Fidencio Hernández y Rodolfo Reyes. Mientras los golpistas del día 9 y los del día 18 se reúnen en privado durante un par de horas, en la antesala, se encuentra parte del cuerpo diplomático convocado por Wilson.

Rodolfo Reyes cuenta que en un determinado momento «Huerta habló por lo bajo con Félix Díaz y ambos nos suplicaron que los dejáramos solos. Pasó una media hora». Luego serán llamados los asesores y Rodolfo se encargará de redactar el pacto a máquina, que será firmado por los dos generales. Es un documento muy sencillo en que ambos declaran las bondades del golpe militar. Huerta: «En virtud de ser insostenible la situación por parte del gobierno del señor Madero, para evitar más derramamiento de sangre y por sentimientos de fraternidad nacional, he hecho prisionero a dicho señor, a su gabinete y a algunas otras personas más». Félix Díaz: «Su movimiento no ha tenido más objeto que lograr el bien nacional y que en tal virtud está dispuesto a cualquier sacrificio que redunde en bien de la patria».

Se acuerda que Victoriano será el presidente provisional con un gabinete en el que estarán Manuel Mondragón en la Secretaría de Guerra, Rodolfo Reyes en Justicia y una combinación de felixistas y opositores blandos a Madero, como León de la Barra, en los cargos restantes. Y al final dejan claro que: «El señor general Félix Díaz declina el ofrecimiento de formar parte del gabinete provisional, en caso de que asuma la presidencia provisional el señor general Huerta, para quedar en libertad de emprender sus trabajos en el sentido de sus compromisos con su partido en las próximas elecciones, propósito que desea expresar claramente y del que quedan bien entendidos los firmantes».

O sea, Huerta presidente y Díaz futuro presidente.

Wilson se presentó en el salón contiguo ante los diplomáticos con el pacto en la mano y declaró: «Señores, los nuevos gobernantes de México someten a nuestra aprobación el ministerio que van a designar, y yo desearía que si ustedes tienen alguna objeción que hacer, la hagan para trasmitirla a los señores generales Huerta y Díaz, que esperan en el otro salón. Con esto demuestran el deseo que los anima, de marchar en todo de acuerdo con nuestros respectivos gobiernos y así creo firmemente que la paz en México está asegurada».

Era el delirio final, el gobierno de México pasaba por la aprobación de un grupo de embajadores extranjeros. Márquez Sterling, el embajador cubano, se atrevió a disentir: «No creo que nosotros debamos rechazar ni aprobar nada, sino simplemente tomar nota de lo que se nos comunica y trasmitirlo a nuestros gobiernos». Nadie le hizo mayor caso.

Luego, golpistas y diplomáticos se reunieron y se dio lectura al documento que fue recibido con aplausos. Huerta se despidió y fue luego acompañado hasta la puerta por Wilson, que al regreso no se privó de gritar: «¡Viva el general Díaz!, salvador de México», para luego invitar a los presentes a tomar champaña.

El documento se haría público como «Pacto de La Ciudadela», simulando que allí se había firmado, en lugar del más preciso «Pacto de la embajada». Los golpistas no estaban exentos de un minúsculo sentido del ridículo.

Márquez Sterling registra que poco después a Huerta lo siguieron los hombres de La Ciudadela y, ya solos los embajadores, alguien preguntó si no irían a matar a Madero y a Pino Suárez, a lo que Wilson respondió: «Oh no, a Madero lo encerrarán en un manicomio: el otro sí es un pillo y nada se pierde con que lo maten». Ante las protestas de algunos, remató: «En los asuntos interiores de México no debemos mezclarnos: allá ellos que se arreglen solos».

A medianoche, Wilson informó a su gobierno: «Invité al general Huerta y al general Díaz, para que vinieran a la embajada con objeto de considerar la cuestión de preservar el orden en la ciudad. Cuando llegaron vi que había muchas otras cosas que discutir y resolver y después de enormes dificultades conseguí que se pusieran de acuerdo [...] de manera que Huerta fuera el presidente provisional y Díaz nombre el gabinete y enseguida [Huerta] le dará todo su apoyo para que sea elegido presidente».

Esa noche, Sara Pérez, las hermanas solteras y los padres de Madero se refugiaron en la embajada de Japón. Horas después, Aureliano Blanquet fue ascendido a general de división.

27

Treinta y siete heridas bajo la Osa Mayor

Adolfo Bassó

De regreso en Palacio, pasada la medianoche, Huerta recibió a un emisario del general Manuel Mondragón que le exigía la entrega de los presos que tenía en su poder. Prida cuenta que cuando Félix Díaz regresó de la embajada estadounidense e informó del pacto, se habían desatado los festejos y había corrido el alcohol en La Ciudadela. Al calor de las borracheras y los odios, muchos pidieron a Félix Díaz que le exigiera a Huerta la entrega de los hermanos Madero. Mondragón tomó la iniciativa y mandó un ayudante en automóvil a Palacio con la demanda. Huerta se resistía, de alguna manera quería cubrirse con un manto de legalidad y para eso necesitaba de las renuncias del presidente y el vicepresidente. Hubo varios intercambios de mensajes con el ayudante que iba y venía en el automóvil cubriendo el kilómetro y medio que separan a La Ciudadela de Palacio.

Finalmente, Victoriano cedió parcialmente y envió a Gustavo Madero y al intendente Adolfo Bassó, custodiados por el teniente Revilla, con la orden de que fueran entregados personalmente al general Mondragón, quien en presencia de Félix Díaz, le dijo al capitán Zurita de la escuela de aspirantes: «Háganles lo que ellos le hicieron al general Ruiz».

Gustavo se resistió agarrándose del marco de una puerta y tratando de convencerlos, se dice que desesperado les ofreció dinero: no valieron los gritos, uno de los aspirantes le dio un tiro de pistola hiriéndolo en el maxilar. Un grupo de cerca de cien soldados y civiles, estimulados por los gritos de Cecilio Ocón y en medio de un delirio contagioso, lo sacaron al patio. Alfonso Taracena cuenta: «A empellones, entre gritos soeces, colmado de injurias y de golpes [...] y a puntapiés, a bofetadas y a palos...», gritándole *Ojo Parado*, cobarde, llorón, lo sacaron del edificio a la gran explanada donde se encuentra la estatua de Morelos. Un desertor del 29° Batallón, apellidado Melgarejo, hundió la punta de su espada en el ojo bueno de Gustavo, dejándolo ciego.

Entre los observadores, según algunos relatos, se encontraba el general Manuel Mondragón. Gustavo, tambaleándose, llegó ante la estatua que conmemora no sólo al hombre de la independencia sino a la heroica resistencia contra los gringos del general Balderas y allí se desplomó. Un capitán que estaba borracho sacó su pistola y disparó. Tras él, otros soldados hicieron fuego sobre el cuerpo con sus fusiles. Alguien se acercó con una linterna para constatar que estuviera muerto. Luego el grupo se dedicó a la burla; le cortaron los cojones, le arrojaron tierra y estiércol encima.

El cadáver de Gustavo tenía treinta y siete heridas. Había en sus bolsillos sesenta y tres pesos, tres cartas de su esposa Carolina y un libro de apuntes cuya última frase era: «Todo está perdido. Los soldados no quieren pelear».

Poco después, supuestamente en venganza porque había sido el ejecutor de su padre, Rodolfo Reyes pediría el fusilamiento del intendente de Palacio, Adolfo Bassó. Lo llevaron al paredón y cuando iban a vendarle los ojos, se negó. Marinero al fin, pidió a sus asesinos que le permitieran mirar por última vez la Osa Mayor, en aquel DF en el que todavía podían verse las estrellas. El pelotón se formó. Bassó, dicen que dijo: «Tengo 62 años de edad. Que conste que muero a la manera de un hombre. ¡Hagan fuego!». Y se abrió el saco para recibir las balas.

A lo largo de la noche en ese mismo lugar asesinarían al periodista y jefe político de Tacubaya, Manuel Oviedo, contra el que Mondragón, que era su vecino, tenía viejos agravios.

El cadáver de Gustavo quedó abandonado hasta el amanecer, cuando lo sepultaron en un agujero que hicieron en el mismo patio.

28

Promesas, traiciones y borrachera

El gabinete de Victoriano Huerta

Una inmensa multitud se reúne en la mañana del 19 de febrero ante Palacio al conocerse la detención de Madero. Hay de todo, desde los que vienen a celebrar hasta los que vienen a rendir honores al presidente caído, y desde luego, millares de curiosos. Las fotos registran al gentío cuando bloquea la gran avenida. Se trata, curiosamente, de una multitud silenciosa.

En sus memorias, José Vasconcelos registra sin embargo, que no todos eran tan silenciosos: «Bandas de felixistas recorrían aquellos días la ciudad, obligaban a los transeúntes a dar vivas a Félix Díaz; asesinaban a capricho». El que tendrá mejor suerte será John Kenneth Turner. Bartra cuenta: «hubiera sido inoportuno que los ex amotinados fusilaran a un periodista gringo».

Y por lo tanto, lo dejan libre; el periodista «asqueado, toma el tren a Veracruz para embarcarse de regreso a Estados Unidos».

Al mediodía, los embajadores de España y Cuba, que tienen instrucciones precisas de no reconocer al nuevo gobierno, inician una nueva mediación, ahora con Huerta. Márquez Sterling ofrece que si el general envía a Madero a Veracruz, el crucero Cuba que se encuentra fondeado en el puerto, lo exiliará en La Habana junto con el vicepresidente Pino Suárez. Huerta les da garantías de que se respetará la vida de Madero y acepta la oferta cubana. El general necesita la renuncia formal de Madero y Pino Suárez para favorecer la transición y quitarle el tufo golpista. Usará esta promesa como instrumento de negociación con el presidente derrocado.

A las cuatro de la tarde, el «desfile de la victoria» sale de La Ciudadela por la calle Balderas hasta avenida Juárez. Félix Díaz a caballo y vestido de azul, con Mondragón, el general Velázquez y los aspirantes montados en los caballos que les han robado a los guardias presidenciales; automóviles con los civiles que combatieron, gritos y palmadas. Una muchedumbre se congrega para vitorearlo en la calle Bucareli. No hay duda de que el golpe es muy popular entre amplios sectores de la ciudadanía conservadora de la ciudad de México, que no son pocos. En Palacio Nacional los recibe Huerta con un discursito dirigido a Félix: «Querido hermano, Dios quiera que tengamos la fortuna de que jamás vuelvan a registrarse sucesos sangrientos».

En esos momentos, Huerta tiene ya en la mano las renuncias de Madero y Pino Suárez obtenidas bajo amenaza de muerte y con la oferta de enviarlos al exilio. La puñalada final del golpe la dará la Cámara de Diputados en una sesión vespertina. 123 diputados votan por aceptarla, sólo cinco tienen el valor de enfrentarse a los golpistas y rechazarla, sus nombres se escapan a la ignominia: Escudero, Pérez, Rojas, Alardín y Hurtado Espinoza. Algunos diputados maderistas del grupo renovador se encuentran ocultos temiendo la represión. La renuncia de Pino Suárez es aceptada por 118 votos contra 10.

Constitucionalmente, el ministro de Relaciones Exteriores, Pedro Lascuráin, asume la presidencia. Luego diría que lo hizo para tratar de salvarle la vida a Madero. Será presidente por cuarenta y cinco minutos, de las 17:15 a las 18:00 horas de ese mismo día. El presidente de mandato más breve en la historia de México. En ese lapso nombra secretario de Relaciones Exteriores a Huerta y después renuncia. Mecánicamente, José Victoriano Huerta Márquez es el presidente interino de México; poco después la Suprema Corte de Justicia lo reconoce por mayoría. Cubiertos todos los trámites la Cámara de Diputados, llama a Victoriano a rendir protesta como presidente de México. Lo acompañan varios soldados, las malas lenguas dicen que está borracho.

«Con tantos soldados no dejan dormir»

Intendencia de Palacio donde dormían Madero, Pino Suárez y Ángeles

En la tarde del jueves 20 Sara Pérez, esposa del presidente Madero, se entrevistó con Henry Lane Wilson acompañada de una de sus cuñadas, para pedirle que presione a Huerta e impida el asesinato de Madero.

Henry Lane respondió:

–Vuestro marido, señora, no sabía gobernar; jamás me pidió ni quiso escuchar mis consejos. El señor Huerta hará lo que mejor convenga.

–Señor, otros ministros se esfuerzan por evitar esa catástrofe.

–Ellos… ellos no tienen ninguna influencia.

En el salón de la intendencia de Palacio, Madero, Pino Suárez y Felipe Ángeles han intentado crear lo más parecido a un dormitorio con sillones y sofás. Ángeles ha logrado montar una cama con dos sillones apoyados contra la pared, Madero ha elaborado algo más complejo usando seis sillas. El embajador cubano se ha quedado a dormir con los detenidos como una forma de protegerlos; la operación para llevarlos a Cuba está dispuesta, sólo falta que Huerta los traslade a Veracruz.

Márquez Sterling registra que el presidente le dijo:

—Pero ministro querido, ¿va usted a dormir con zapatos?

Prolijo, Madero acomoda su ropita en orden. Usa los brazos de las sillas para colgar la chaqueta, los pantalones bien doblados y la camisa.

A cargo de la custodia se encuentra el coronel Joaquín Chicarro, quien más tarde contaría que Francisco, que aún no sabe que han asesinado a su hermano Gustavo, de vez en cuando bromeaba: «Coronel, quítenos estos centinelas, con tantos soldados no dejan dormir».

30

«Nunca saldríamos con vida de Palacio»

El vicepresidente José Ma. Pino Suárez

El viernes 21 de febrero, vestida de negro, Mercedes, la madre de Madero visita en Palacio a su hijo detenido.

–Mataron a Gustavo.

Pancho cayó de rodillas «como si lo hubiera golpeado un rayo», dirá el narrador de la entrevista.

–Perdóname, mamá, yo fui el culpable.

No sólo Madero se entera del asesinato de su hermano, la historia ha trascendido públicamente, los cuadros del maderismo que quedan libres se esconden en la ciudad de México o la abandonan; los generales, todos ellos, incluso los que fueron fieles al gobierno en un primer momento, se pliegan ante Huerta. Sólo habrá una excepción: Felipe Ángeles.

Entre siete y ocho de la noche se celebra una reunión del flamante consejo de ministros, Félix Díaz asiste como invitado. Se discute entre otras cosas qué hacer con los dos detenidos: el presidente y el vicepresidente. Casi todos los asistentes concuerdan en afirmar que la reunión no ofreció certezas, tan sólo muchas dudas. Alguien sugirió que los juzgara un consejo de guerra y se les fusilara por traición. Alberto Robles Gil, uno de los ministros dirá: «Ninguno de los asistentes tenía claro qué hacer con los prisioneros» y señalaba que «la ejecución, al margen de la ley, de Madero y Pino Suárez, al parecer de todos, incluido Díaz, terminaría revirtiéndose contra el gobierno». Huerta intervino diciendo que había dado su palabra de preservar la vida de Madero. Algo debe de haberse comentado de la situación en Veracruz, donde las tropas y la marina no reconocían a Huerta si no se pronunciaba a su favor el Senado y se daba legalmente la transición. Para Huerta mandar a Madero a Veracruz se volvía peligroso. Todo terminó con el ambiguo acuerdo de llevarlos a la Penitenciaría, mientras se tomaba una decisión en firme. Supuestamente, Rodolfo Reyes, de Justicia y Rafael Martínez Carrillo, de Gobernación, quedaban a cargo de darle solución al «problema».

Los asistentes se fueron sin haber tomado una decisión, aunque convencidos de que «los partidarios de los señores Madero y Pino Suárez habían disminuido en gran cantidad, sin embargo, eran numerosos y políticamente no convenía al Gobierno echárselos de enemigos irreconciliables, siendo preferible que lucharan por un vivo que podía volver a ponerse a prueba y no por un mártir idealizado».

Tras la reunión del gabinete y a unos cuantos metros de la intendencia donde estaban Ángeles, Madero y Pino Suárez, vestido de civil y con levita (de su apariencia surgiría más tarde el apodo de *la Cucaracha* y la célebre canción), Victoriano Huerta, ahora presidente, recibió en una recepción al cuerpo diplomático acreditado en México que tanto había hecho por su causa. Henry Lane Wilson se acomodó los lentes y leyó un discurso repleto de halagos y de «sinceras felicitaciones». Huerta respondió enfatizando que sus futuros esfuerzos irían hacia «garantizar las vidas y los intereses de los habitantes del país, nacionales y extranjeros» y luego todos muy contentos participarían en lo que se llamaba en aquellos días «un *lunch champagne*».

Una gestión más para proteger a los detenidos se puso en marcha esa noche. Luis Manuel Rojas, diputado maderista y Gran Maestro grado 33 de la logia de México, se reunió en la sede masónica con varios diputados y decidieron intentar una última mediación. No sólo Madero y Pino Suárez eran masones, también lo eran Henry Lane Wilson y Félix Díaz. En la reunión, Rojas descubrió que la mayoría de los asistentes «había sido porfirista» y no podía disimular su placer por lo que estaba sucediendo. Rojas intentó hablar con el embajador estadounidense recordándole la obligación masónica de proteger a un correligionario, pero Wilson se limitó a insultar a Madero sin comprometerse a ayudarlo.

En la intendencia donde se encuentran Madero, Pino Suárez y Ángeles, esa noche llegaron unos catres que habían de sustituir a las sillas y los sillones. Pino Suárez se preguntaba en voz alta: «¿Yo qué les he hecho para que intenten matarme?». Luego escribiría una carta a su amigo Serapio Rendón, que de alguna manera sería su testamento: «Querido Serapio: Dispensa que te escriba con lápiz y en burdo papel. No te apenes si te digo que tal vez no nos volvamos a ver. Como tú sabes, hemos sido obligados a renunciar a nuestros respectivos cargos. Pero no por esto están a salvo nuestras vidas […] El cuarto que ocupamos tiene una claraboya que mira al patio; la luz entra con timidez cual temerosa de ser también aprisionada. Dos catres de lona nos hacen a veces de lecho; el del presidente es más angosto que el mío y anoche hicimos un cambio. Dos sillas desvencijadas componen nuestro mueblario. Hoy en la mañana tuvimos que suplicar mucho para que se nos trajera una sartén con agua pura para hacer abluciones matinales. A la puerta hay dos centinelas de vista que día y noche nos vigilan: cada dos horas son relevados con estrépito de sables y espuelas. No me gusta la cara del sargento: es cara de hiena con ojos de tigre. Cada vez que nos mira nos insulta con la mirada […] El presidente no es tan optimista como lo soy yo, pues anoche al retirarnos me dijo que nunca saldríamos con vida de Palacio».

Don Francisco lloró toda la noche la muerte de su hermano.

31

El asesinato

Las piedras marcan el lugar del asesinato de Madero

Hoy es posible reconstruir con bastante precisión lo que sucedió en la tarde y las primeras horas de la noche de aquel sábado 22 de febrero de 1913. Al paso de los años una docena de actores rindió de manera más o menos conflictiva su testimonio y dio lugar a un rompecabezas apasionante. Más allá de las pequeñas contradicciones, sólo ha quedado una potente interrogación. ¿En qué momento los cuatro generales claves del momento, Victoriano Huerta, Manuel Mondragón, Félix Díaz y Aureliano Blanquet tomaron la decisión? Porque sin lugar a dudas, los cuatro acordaron el asesinato. No podía producirse un crimen de esa magnitud sin que al menos estuvieran los cuatro informados, además, muchos testimonios directos e indirectos los involucran en uno y otro momento de las acciones de ese sábado en la tarde.

Que la operación estaba previamente decidida y Cecilio Ocón, el operador civil de Mondragón y Félix Díaz, fue el coordinador político de ella, lo prueba el que a primeras horas de la tarde un felixista llamado Alberto Murphy, le prestó su automóvil Protos Washington, uno de los mejores automóviles que se movían por la ciudad de México, similar al coche oficial de Madero y que era anunciado como el «gran vencedor en la carrera México-Puebla de 1911». El chofer Ricardo Romero cuenta que lo acompañó en una extraña gira: primero a Palacio, luego a la casa de Félix Díaz y después a la Secretaría de Guerra, donde habló con Mondragón, evidentemente para coordinar las acciones futuras.

Francisco Cárdenas era un mayor de rurales, con quince años de antigüedad, cuyo gran mérito había sido el asesinato del guerrillero magonista veracruzano Santana Rodríguez. Declarado admirador de Porfirio Díaz, había prometido vengar el derrocamiento. La foto más conocida de Cárdenas impone: una mirada serena, uniforme de lujo de rural, de charro elegante con bordados y espiguillas, un bigote fiero, ojos claros, pelo rizado. El día anterior a los sucesos había pedido su traslado al ejército regular y sin duda entonces surgió su nombre.

Cárdenas, en una de sus varias versiones (dio al menos cuatro) contará: «Ese día como a las seis de la tarde, me mandaron a llamar a los salones de la Presidencia...» y en el Salón Amarillo (o en la

Comandancia Militar) se entrevista primero con el general Blanquet quien le dice que el país necesita de un gran servicio de él y lo lleva al Ministerio de Guerra donde se encuentra Manuel Mondragón.

En una de las versiones, Cárdenas sitúa allí también a Félix Díaz y Cecilio Ocón, pero el primero estaba en su casa y el segundo aún no había llegado, o sea que lo más probable es que la reunión se haya celebrado tan sólo con Blanquet y Mondragón, quien le dijo:

–Sabemos, Cárdenas, que usted es hombre y sabe hacer lo que se le manda. El que mató a un Santanón, debe con facilidad matar a un Madero.

En otra versión añadiría:

–No se haga remilgos, que no ha de ser la primera vez que despache usted a un hombre.

Cárdenas diría que le contestó:

–Sí, mi general, pero no de ese tamaño.

–Pues bastante chaparrito es.

Y le aclararon que «no se trataba de un fusilamiento en forma, sino de simular un asalto a la escolta y que en la refriega muriera el presidente, el vicepresidente y el general Ángeles».

Cárdenas aceptó la comisión, pero dijo que quería oír la orden de voz del presidente Huerta. Lo llevaron al comedor donde estaba el general Huerta quien, tomándolo del brazo, después de darle una copa de coñac, lo llevo a un pasillo donde estaba colocada una silla de peluquería y ahí le dijo que el Consejo de Ministros había tomado aquella resolución por el bien de la patria. Cárdenas preguntó si sólo habrían de morir los tres y Huerta le dijo:

–Bueno, pues que se quede Ángeles, pero a los otros dos hay que matarlos hoy mismo sin falta.

Y luego agregó: «Lo que ha de ser... que sea».

Después Mondragón le indicó que estuviera listo y que los que hicieran la operación deberían ser de confianza porque «el primero que dijera una frase de lo que se iba a hacer sería fusilado».

Mientras se estaba produciendo esta reunión, un empleado de la casa Torre y Mier (propiedad del conocido felixista Nacho de la Torre, yerno de don Porfirio) llamado Alanís, alquiló un automóvil Peerles de siete asientos en el negocio de renta de autos del inglés Frank Doughty, en el callejón de López. Cerca de las ocho de la noche, el chofer del negocio, Ricardo Hernández, recibió la indicación de presentarse en Palacio Nacional y ponerse a las órdenes de un mayor llamado Francisco Cárdenas.

Alejandro Rosas apuntará certeramente que «hacia 1913, la ciudad de México contaba con un millón de habitantes y poco más de 2,500 automóviles. Con excepción de las familias acomodadas y que contaban con auto propio, la mayoría de los vehículos eran de alquiler». Pero en esa reflexión no se incluirá la inmensa cantidad de autos con que contaba la presidencia o el ejército. ¿Para qué conseguir dos coches de civiles para un traslado oficial? Nuevamente, la tragedia se tiñe de absurdo.

Casi al mismo tiempo, el cabo Rafael Pimienta recibió órdenes de reportarse ante el general Blanquet en Palacio Nacional, quien le ordenó a su vez recoger su rifle y ponerse al mando de Cárdenas, lo que hizo de inmediato. Los dos militares se tomaron unas copas en la cantina La Esquina, que estaba en el costado norte de Palacio. Cárdenas contaría que «después de haber hecho beber unas copas a Rafael Pimienta [le contó] la comisión que tenía, sin que el oficial le dijera una sola palabra».

Huerta, como era habitual en él, en esa perpetua lógica de esconder la mano tras arrojar la piedra, tras haber dado inicio a la operación, tomó distancia y se presentó hacia las siete de la tarde en una recepción en la embajada estadounidense donde se celebraba el aniversario del natalicio de George Washington. Allí se encontró con Félix Díaz. Hacia las ocho de la tarde, el nuevo presidente tuvo una conversación privada con Wilson.

Poco después, Cecilio Ocón llegó a Palacio, se entrevistó con el mayor Cárdenas e hizo pasar a los dos automóviles al patio de honor y estacionarlos ante la intendencia; los choferes no tenían idea de lo que estaba pasando y para qué habían sido requeridos sus servicios.

El embajador cubano Manuel Márquez Sterling, recogiendo la narración de Felipe Ángeles, cuenta que «sobre las diez de la noche, se acostaron los prisioneros: a la izquierda del centinela, el catre de Ángeles; el de Pino Suárez al frente; a la derecha, el de Madero [...] Don Pancho, envuelto en su frazada, ocultó la cabeza. Se apagaron las luces. Yo creo que lloraba por Gustavo».

Mondragón ordenó que los prisioneros fueran sacados de la intendencia. Eran las 10:20 de la noche.

Entró al cuarto encendiendo las luces, el oficial a cargo de la custodia, el coronel Joaquín Chicarro, iba acompañado por un hombre al que los presos no conocían, el mayor Francisco Cárdenas.

Seguimos la narración de Felipe Ángeles:

«–Señores, levántense.

»Alarmado, pregunté:

»–Y esto ¿qué es? ¿Adónde piensan llevarnos?

»–Los llevaremos afuera –balbuceó Chicarro–. A la Penitenciaría.

»Pino Suárez, ya en pie, se vestía con ligereza. Madero, incorporándose violentamente, hizo esta pregunta:

»–¿Por qué no me avisaron antes?

»La frazada había revuelto los cabellos y la negra barba de don Pancho y su fisonomía me pareció alterada. Observé la huella de lágrimas en el rostro. Pero en el acto, recobró su habitual aspecto, resignado a la suerte que le tocara; insuperable es el valor y la entereza de su alma. Pino Suárez pasó al cuarto de la guardia, en donde lo registraron minuciosamente […] Don Pancho, sentado en su catre, cambiaba conmigo sus últimas palabras […] y yo sólo alcancé a preguntarle a los oficiales:

»–¿Voy yo también?

»A lo que Cárdenas me respondió:

»–No, general, usted se queda aquí. Es la orden que tenemos».

Madero y Ángeles se despidieron con un abrazo. Los dos detenidos fueron conducidos hacia el patio entre una escolta con bayonetas. Ángeles cierra la historia: «Pino Suárez advirtió que no se había despedido. Y, desde lejos, agitando la mano sobre las cabezas de la indiferente soldadesca, gritó: "Adiós, mi general"».

Cárdenas contará en una de sus versiones que «el señor Madero incorporándose, me dijo encolerizado: "¿Qué van a hacer conmigo? Cualquier atropello que se haga no será a mí sino al Primer Magistrado de la Nación"». Cárdenas no contestó. Pino Suárez se limitó a pedir que avisaran a su familia hacia dónde los estaban trasladando.

Eran pasadas las diez y media de la noche, los choferes que se encontraban en el patio verían salir escoltados al ex presidente y al ex vicepresidente. Para cualquier observador el traslado es muy extraño: en coches particulares, con una mínima escolta: Cárdenas, Pimienta y posiblemente, según algunas fuentes, el cabo Francisco Ugalde y un oficial cacarizo de artillería de origen cubano, el capitán Agustín Figueres o Figueras.

Suben a Madero acompañado de Cárdenas al automóvil Protos; Pino Suárez, custodiado por el teniente Rafael Pimienta, subió al Peerles.

Cecilio Ocón los verá salir de Palacio Nacional. Son poco menos de las once de la noche. Luego reportará a Blanquet y éste, a su vez, llamará al coronel Luis Ballesteros, director de la Penitenciaría: «Mi amigo, te estoy enviando dos palomitas peligrosas. Ponlas a buen recaudo en un par de celdas y cuídamelas». La llamada queda registrada.

Los autos tomaron por la calle Moneda y dieron vuelta en Ferrocarril de Cintura para llegar a la Penitenciaría de Lecumberri. Dos reporteros, Leopoldo Roquero, de *Excélsior* y un compañero, siguen los coches a distancia, pero en la oscuridad los van perdiendo.

Al llegar a la entrada principal, los automóviles se detuvieron; Román Rojas, el jefe de carceleros le indica algo a Cárdenas y los coches dan una media vuelta alrededor de la Penitenciaría. La oscuridad es absoluta, los autos se detienen ante el muro del costado Oriente.

Son las once y media de la noche.

Cárdenas le grita a Madero: «Baje usted, carajo» y casi inmediatamente, contará Cárdenas (aunque la autopsia muestra que hubo un forcejeo porque Madero tiene varios golpes en el rostro y el cráneo, probablemente propinados con la cacha de la pistola), le dispara dos tiros en la parte posterior de la cabeza. El mayor registra: «La sangre me saltó sobre el uniforme».

Pino Suárez, que va custodiado por Rafael Pimienta, escucha los disparos y se resiste a bajar. A punta de pistola Pimienta lo obliga. El vicepresidente trata de correr y Pimienta le dispara, hiriéndolo. Pino Suárez le grita: «¡No me tire, no me tire!», tropieza con un tubo que estaba al borde de una zanja y cae al suelo, quebrándose una pierna. Cárdenas, que acababa de matar a Madero le ordena que lo remate. Pimienta duda: «No, yo a un caído no le pego». Cárdenas le vacía el cargador, Pimienta también le dispara. La autopsia revelará que Pino Suárez tenía trece impactos de bala.

Ángeles contará más tarde que: «En la Penitenciaría algunos presos, de quienes a poco fui compañero, escucharon doce o catorce balazos disparados sucesivamente». Los periodistas, que no se atreven a acercarse, también escuchan los disparos.

Cárdenas cuenta que «después los pusimos en el automóvil y al llegar a las calles de Lecumberri, bajé a mis guardias y ordené que dispararan sobre el vehículo». Los asesinos se limpiaron luego las manchas de sangre en la tapicería. Con los dos muertos en los coches. La comitiva se acerca a las puertas de Lecumberri y entrega los cadáveres al director de la Penitenciaría.

El cadáver de Madero es depositado sobre un sarape gris, el de Pino Suárez será envuelto en una frazada roja con cuadros negros. Cuando la autopsia se realice descubrirán que traía trescientos pesos metidos en un calcetín.

Los choferes, que han sido testigos involuntarios del atentado, reciben órdenes de retirarse. Cárdenas y Pimienta se quedan. Los gendarmes cavan dos fosas de muy poca profundidad en las afueras de la prisión y sobre ellas colocan un montón de piedras.

Cárdenas se va a informar a Palacio. La hora debe establecerse entre las 12:30 y la una de la mañana. Curiosamente, antes de que llegue el mayor, Victoriano Huerta está dando una conferencia de prensa informando que «una multitud, iracunda y ansiosa de vengar las afrentas que como gobernantes les habían ocasionado, asaltó a la escolta que los custodiaba» cerca de la Penitenciaría. Supuestamente y, según la versión de uno de sus ministros, los asesinatos tomaron por sorpresa al propio Huerta y a su gabinete. Huerta convocó esa noche a una reunión en la que participaron los ministros de Justicia, Rodolfo Reyes, el de Guerra, Manuel Mondragón y el de Relaciones Exteriores, Francisco de la Barra. Todos anunciaron luego que se disponían a realizar una investigación para esclarecer los hechos.

La versión se irá modificando hasta que la «multitud iracunda» se convierte en un gran grupo de maderistas que trataba de liberar al ex presidente; luego, el informe oficial dirá que se había disparado un centenar de tiros entre los misteriosos desconocidos y la escolta de Madero, pero sobre el terreno no había más de diez cartuchos. Finalmente, el centenar de desconocidos se redujo a tres y los tres se convirtieron en cadáveres anónimos sacados de la morgue.

Hay dos versiones sobre cómo se pagó a los asesinos. Cárdenas diría que «muertos los dos, así lo participé al general Mondragón, quien metió la mano en el bolsillo y me dio un rollo de billetes agregando: "Eso es para usted y su gente"». Toribio Esquivel contaría al paso de los años que «el doctor Urrutia dijo en París que Huerta había pagado 18 mil pesos a los soldados y oficiales que formaban la escolta que condujo a Madero y a Pino Suárez a la Penitenciaría y que, como Huerta no tenía la tesorería a su disposición, el mismo Urrutia había tenido necesidad de prestar ese dinero».

Desde el amanecer grupos de curiosos, impulsados por el rumor, se acercaron al montón de piedras que marcaban el lugar del asesinato de Madero y Pino Suárez en el exterior de la Penitenciaría para retratarse frente a él. La multitud va variando, las fotos así lo muestran. Se iniciaba un culto laico maderista que persiste hasta nuestros días.

Probablemente, ni ellos ni los asesinos sabían que Madero era de una familia de ricos hacendados pero curaba a los peones de su hacienda con homeopatía; vestía frac en las recepciones oficiales, pero se mordía la punta de los dedos sobre los guantes blancos; que su máxima pasión como presidente eran las largas cabalgatas por el bosque de Chapultepec; que se comunicaba con los espíritus aunque no le contestaran y que casi todos los mexicanos, o al menos muchos de ellos, sabían que era más bueno que el pan.

Es temporada de zopilotes.

32
Epílogos

Huerta triunfante

La madre y la viuda de Francisco Madero tuvieron que vender el caballo del presidente para pagar su entierro en el Panteón Francés.

La familia tardó seis días en saber dónde se encontraba el cadáver de Gustavo Madero. Luego de varias gestiones y con la advertencia de Manuel Mondragón de que podrían enterrarlo si el velorio se hacía sin prensa ni amigos, les dieron acceso al cuerpo que había sido llevado al panteón de Dolores. Alberto J. Pani lo identificó por un pedazo de camiseta con sus iniciales y el ojo de esmalte.

A pesar de las decenas de denuncias que le habían hecho en vida, los asesinos no pudieron mostrar, escudriñando los bienes de Gustavo, ninguna prueba de sus supuestas corrupciones. Lo único que le dejó a Carolina, su viuda, fue un seguro de vida por 100 mil pesos. José Vasconcelos haría en sus memorias un apretado resumen: «Ni uno solo de los parientes de Madero construyó casa propia durante el período de su gobierno. Ningún maderista funcionario se había enriquecido».

El 26 de febrero, cuatro días después del asesinato, la Secretaría de Guerra respondió a la petición del mayor Francisco Cárdenas, de pasar de los rurales al ejército señalando que no existían «antecedentes del solicitante», pero como estaba a las órdenes de Blanquet y había prestado recientemente «buenos servicios» era conveniente que se lo premiara.

Sin embargo, bajo la enorme presión del rumor que decía que Madero había sido asesinado en Palacio tras tener un encontronazo verbal con Huerta y haberle escupido en la cara, y que un capitán que acompañaba al general ahí mismo lo apuñaló, Victoriano ordenó una investigación sobre los asesinatos. El 13 de septiembre, el Tribunal Militar dictaminó que la muerte de Madero y Pino Suárez había sido responsabilidad de tres desconocidos, que resultaron a su vez muertos al tratar de liberarlos, y libró de culpas a Cárdenas, Pimienta y Cecilio Ocón.

Sin embargo en esos momentos, Cárdenas ya no se encontraba en la ciudad de México. El general Manuel Mondragón le había dado varias monedas de oro y le había ordenado ocultarse en Michoacán. No se escondió demasiado y andaba en cantinas y burdeles de

Morelia mostrando una bala con la que según él había matado a Madero. Maderistas airados tres veces intentaron matarlo. Huyó a Guatemala disfrazado de traficante de mulas. El presidente guatemalteco lo encarceló durante un breve tiempo hasta que en 1920 el presidente de México, Adolfo de la Huerta, pidió su extradición. Cárdenas fue detenido por un conflicto de faldas. Cuando era conducido por la policía en plena Plaza de Armas de la ciudad de Guatemala logró soltarse y en un intento de suicidio se disparó a través de la boca frente a sus captores con una pequeña pistola que traía escondida en la bota. No murió inmediatamente y en plena agonía confesó ante un representante de la embajada mexicana, afirmando con la cabeza, que había sido el asesino de Madero.

Cárdenas a lo largo de los años había dado al menos cuatro versiones de lo sucedido, una de ellas «en momentos de excitación alcohólica a un policía confidencial, disfrazado de periodista». Su diario, en manos del ministerio de Relaciones Exteriores de Guatemala, permanece inédito.

El otro autor material de los asesinatos, Rafael Pimienta, fue también sometido al juicio falaz por el asesinato de Pino Suárez y lo absolvieron. Declaró de nuevo en septiembre de 1914 en la investigación abierta por los revolucionarios triunfantes. Luego se desvaneció. No hay noticias de su paradero. Uno de sus hermanos, Enrique, terminaría casado con una de las hijas de Huerta. El tercer personaje clave, Cecilio Ocón, prosperó en la vida privada. Muchos años más tarde intentaría ser empresario televisivo.

Una segunda encuesta, realizada tras el triunfo de la revolución constitucionalista, llegó hasta los choferes Ricardo Hernández y Ricardo Romero, participantes involuntarios en el asesinato, los que dieron muchos datos de cómo se habían producido los hechos. Entre otras cosas, gracias a ellos se pudo llegar hasta los automóviles.

Frank Doughty, al recibir el automóvil Peerles en un estado lamentable, con balazos y manchas de sangre, le reclamó una indemnización a Ignacio de la Torre, quien lo mandó a Palacio Nacional para que le pagaran. Rosas cuenta que «El nuevo gobierno, encabezado por Victoriano Huerta, se negó a soltar un peso. Doughty insistió en repetidas ocasiones, hasta que el gobierno finalmente autorizó la compostura del auto y, gracias a la intervención de la legación inglesa, logró que le pagaran una indemnización de cuatro mil pesos».

Romero, el chofer del Protos de Murphy, trató de reparar el vehículo, que quedó en la cochera hasta septiembre de 1914 cuando lo decomisó la revolución triunfante.

Si la lógica del golpe fue la conquista de la ciudad de México, la lógica de la resistencia armada ante la nueva dictadura huertista sería gestada en la periferia. Mientras el maderismo oficial se desmoronaba (gobernadores, diputados, senadores, presidentes municipales, jueces, burócratas, militares, policías) el maderismo real, el que había nacido en las armas y en el norte, reaccionó velozmente: Carranza se declaró en rebeldía en Coahuila y con él los irregulares Lucio Blanco, Pablo González y Cesáreo Castro; en Sonora se produjeron varios alzamientos, al igual que en Chihuahua donde se alzaron los milicianos maderistas Chao, Maclovio Herrera, Toribio Ortega y Rosalío Hernández; el 8 de marzo, Pancho Villa cruzó la frontera con una partida de hombres armados, mientras que en la Laguna se levantaba en armas Calixto Contreras y otros hombres en Zacatecas y San Luis Potosí. La dictadura de Victoriano Huerta no lograría pactar con los zapatistas y en menos de dos meses habría levantamientos armados en medio país. Algunos de los supervivientes de la Decena Trágica y protagonistas de esta historia como Pani, el capitán Garmendia, los hermanos González Garza, Manuel Bonilla, Pedro Antonio de los Santos y Miguel Alessio Robles, se irían al norte a sumarse a la rebelión.

Victoriano Huerta se libró muy pronto de sus incómodos compañeros de aventuras. El 8 de abril, un congreso purgado decidió el aplazamiento de las elecciones y dejó colgando de la brocha a Félix Díaz, que ya nunca pudo ser presidente de México.

Tras nombrar ministro de Guerra al general Manuel Mondragón, pocos meses después Huerta lo despidió sin mayores amores, y el autor del golpe de La Ciudadela se fue al exilio. Al salir de México, dirigió una carta a Félix Díaz: «ustedes resolvieron olvidar los antiguos servicios y sólo barrieron para adentro».

Manuel Mondragón moriría en San Sebastián, España, en 1922; lo único bueno que dejaría tras de sí sería su hija Carmen, mejor conocida como Nahui Olín, que no lo acompañó al exilio.

Otros tuvieron en lo inmediato mejor suerte: el coronel Chicarro recibió como premio su ascenso a general y fue nombrado gobernador de Querétaro durante el régimen huertista. Enrique Cepeda (cuyo nombre aparece en las crónicas indistintamente con C o con Z), *Cepedita*, fue gobernador del Distrito Federal y ganó breves méritos como asesino y torturador, hasta que los escándalos obligaron a Huerta a librarse de él; algunas fuentes afirman que fue el propio Victoriano quien ordenó su asesinato.

Rodolfo Reyes se exilió en España y regresó para seguir actuando en la política mexicana durante muchos años, dejando un libro de memorias en el que rendía culto a la figura de su padre. Un culto que al paso de los años ha tenido entre el conservadurismo latinoamericano una importancia ridícula (Agapito Maestre: «El general liberal Bernardo Reyes se opuso a la barbarie totalitaria de la revolución y precisamente por eso lo mataron»).

Tras la caída de Huerta, Blanquet se refugió en Cuba. En 1918 regresó a México para sumarse a un alzamiento que dirigía Félix Díaz; perseguido por las tropas del general Guadalupe Sánchez se despeñó por una barranca. Los carrancistas le cortaron la cabeza, que fue exhibida en Veracruz.

Mayor suerte tuvo el general Félix Díaz, que sobrevivió a todas las aventuras y murió en su cama, apaciblemente, en julio de 1945. En 1943 había concedido a José C. Valadés la primera gran entrevista sobre su intervención en el golpe de La Ciudadela.

Henry Lane Wilson escribió a su gobierno, muy poco después del asesinato, que aceptaba la versión del gobierno mexicano sobre la muerte de Madero «a pesar de todos los rumores que corrían». Parecía haber ganado totalmente su batalla personal contra el muerto Francisco, pero, tres meses después, un enviado del presidente de los Estados Unidos, W.B. Hale, llegó a México para investigar la actuación del embajador durante la Decena Trágica; el reporte secreto que elaboró comprometía seriamente a Henry Lane. El presidente Woodrow Wilson lo sacó de México en julio de ese mismo año y poco después lo obligó a renunciar como embajador. Pero el nefasto Henry nunca reconoció que sus actos en México habían sido un desastre criminal y en 1916 demandó por calumnias (pidiendo 350 mil dólares de indemnización) a la revista *Harper's Weekly* por la serie de artículos: «*Huerta and the two Wilsons*», que lo implicaban no sólo en el golpe de Estado, sino también en el asesinato de Madero. Años más tarde en sus memorias escribió: «Tras años de madura consideración, no dudo en decir que si me enfrentara a la misma situación bajo similares condiciones, tomaría precisamente el mismo rumbo de acción». Su amigo William F. Buckley declaró mucho años después a la revista *Time*: «es impensable para cualquiera que conociera al embajador creer que había participado de alguna manera impropia en el derrocamiento de Madero». Es el mismo Buckley que siguió en los negocios petroleros y continuó conspirando en la política mexicana, donde años más tarde se le vincularía con el asesinato de Álvaro Obregón y de la madre Conchita.

Huerta reincorporó a muchos de los militares que se habían mantenido fieles al maderismo, entre ellos a Rubio Navarrete, Delgado y Romero. Lauro Villar, que murió en 1923, terminó representándolo en los tratados de Teoloyucan. Lo mismo intentó con el general Felipe Ángeles quien se entrevistó con Mondragón tras la muerte de Francisco Madero. Don Manuel era su padrino, pero estaban muy distanciados porque Ángeles a veces había dictaminado contra las compras de cañones que el general proponía. Huerta decidió enviarlo a Bélgica en una comisión, pero antes de que abandonara el país lo detuvieron de nuevo y lo enjuiciaron, acusado del fusilamiento del joven felixista durante los combates de La Ciudadela. Tras meses de cárcel, fue a Francia y allí decidió unirse a la revolución. Terminó como mano derecha de Pancho Villa y general en la División del Norte.

¿Y el propio Huerta? Ramón Puente contaría que, tras el asesinato de Madero, José Victoriano Huerta vagaba en las noches solo y sin escolta por la ciudad de México, que se había negado a vivir en el Castillo de Chapultepec y que nunca había salido en operaciones a combatir a los rebeldes. El día en que cayó Torreón a manos de Pancho Villa celebró la derrota «tomándose un coñac doble». A mitad de la guerra reunió a los ricos y al clero de la ciudad de México en el Jockey Club, para pedirles dinero que lo ayudara a detener la revolución; no le soltaron nada. «Que Dios los ayude a ustedes y a mí también». La dictadura de Victoriano Huerta no dio para más que 17 meses. La revolución constitucionalista lo echó del país en julio de 1914. Se exilió en Europa, luego en Estados Unidos. Acusado de violar las leyes de neutralidad por intentar organizar una intervención armada en México, fue recluido en Fort Bliss, Texas. Tenía 71 años y el alcoholismo había llegado al grado de producirle noche a noche *delirium tremens*. Su hígado se rindió y falleció de cirrosis hepática, atendido por su compadre Aureliano Urrutia, el 13 de enero de 1916.

Victoriano Huerta se convirtió en el imaginario popular mexicano en la figura del villano, aunque sorprendentemente, no en forma total y no para todos; en una página que se le dedica en Internet (http://colotlandehuerta.blogspot.com) se dice: «Victoriano Huerta fue el militar duro, el padre amoroso y responsable, el hombre que jamás lloró; aquel que resistió el dolor sin quejas y los oprobios con resignación; el hombre que se alimentó, como su pueblo, comiendo fritangas en la calle, que bebió coñac sin embriagarse y hasta morir».

Por cierto que en el año 2000 sus paisanos, bajo el argumento de que era el único presidente nacido en Jalisco (donde hay una calle y una estatua con su nombre), pidieron la repatriación de sus restos desde el panteón Evergreen, en El Paso. Las autoridades federales mexicanas no hicieron mucho caso, más allá de las simpatías y afinidades que pudieran o no tenerle al personaje.

Su viuda, Emilia Águila de Huerta, lo sobrevivió muchos años y solía contarle a sus nietos que había sido un «borracho, mal hablado y mujeriego», que los dejó con muchas deudas; no les decía nada del asesinato de Madero y Pino Suárez.

Sara Pérez y Carolina Villarreal, viudas de Francisco y Gustavo, vistieron de luto hasta el último de los días de sus vidas.

Nota sobre las fuentes

Las dos fuentes más ricas sobre los acontecimientos de la Decena Trágica son los múltiples escritos de Francisco L. Urquizo: *Tropa vieja*, *¡Viva Madero!*, *Páginas de la revolución*, *La Ciudadela quedó atrás*, *Memorias de campaña* y los varios reportajes y entrevistas de José C. Valadés: «La decena trágica según Félix Díaz», «La muerte de Madero a través del archivo de Pablo González», «Francisco I. Madero, recuerdos de un revolucionario» y «De la Decena Trágica a la muerte de Madero».

Los acontecimientos del primer día del golpe pueden ser seguidos en la narración de Juan Hurtado y Olín (*Estudios y relatos sobre la revolución mexicana*), ordenando los trabajos de Taracena y sus propias vivencias de adolescente que vivía frente al Zócalo, así como en el libro del entonces capitán Juan Manuel Torrea (*La Decena Trágica*) que incluye el informe de Lauro Villar. Es muy bueno el *Febrero de 1913*, de Martín Luis Guzmán (que curiosamente llegó a la ciudad de México cuando el golpe acababa de terminar).

El archivo Casasola cuenta con varios centenares de fotografías, lo mismo que el Fondo Osuna del AGN, y hay muy valiosos testimonios cinematográficos en el Archivo Salvador Toscano.

Invaluables son las biografías de Madero por Valadés (*Imaginación y realidad*), Stanley Ross (*Madero*), Adrián Aguirre Benavides (*Madero, el inmaculado*), Roberto Orozco (*Madero, iniciador de la Revolución*) y Alfonso Taracena (*Vida de acción y sacrificio de Francisco I. Madero*).

Sobre Gustavo A. Madero y su asesinato se puede consultar la biografía de Daniel Molina, *Don Gustavo A. Madero, biografía de un revolucionario*; *Gustavo A. Madero*, epistolario con prólogo de Nacho Solares; de Ramón Puente: *La dictadura, la revolución y sus hombres*; de Alberto Morales: «Cómo fue el brutal sacrificio de don Gustavo A. Madero» (recorte de prensa de *El Nacional*); de Jorge Flores: «Mosaico histórico» (*Excélsior*, 24 de marzo 1959); de Fernando Rodarte: «Los sangrientos sucesos ocurridos en esta capital hace 25 años» (*Excélsior*, 20 febrero 1938), y de Luis Aguirre Benavides: «Cómo rescaté el cadáver de don Gustavo Madero» (*Siempre!*, 8 de marzo 1961).

Sobre Victoriano Huerta abundan los materiales, partiendo de su autobiografía *Yo, Victoriano Huerta* (atribuida a Joaquín Piña), que no por apócrifa deja de estar bien informada; la semblanza de Diego Arenas Guzmán («Un boceto de Victoriano Huerta al estilo de Rembrandt»), la biografía de Michael C. Meyer (*Huerta. Un retrato político*), aunque a ratos sufre del síndrome de Estocolmo, y las pintorescas notas sobre Huerta de Ignacio Muñoz (*Verdad y mito de la Revolución Mexicana.*) Es interesante también el artículo de Claudia Villegas: «Dinastía Huerta», en Internet.

Sobre el embajador Henry Lane Wilson, sus memorias (*Diplomatic Episodes in Mexico, Belgium, and Chile*), el libro de Eugene Frank Massingill (*The Diplomatic Career of Henry Lane Wilson in Latin America*) y el libro de Ramón Prida (*La culpa de Lane Wilson*). El archivo privado de Henry Lane mide 70 centímetros cúbicos y se encuentra en la Universidad del Sur de California en Los Ángeles.

Dan una idea del comportamiento del único general consecuentemente maderista: Katz («Felipe Ángeles y la Decena Trágica»), Mathew Slattery (*Felipe Ángeles and the Mexican revolution)*, Federico Cervantes (*Felipe Ángeles en la revolución)*, la antología de Adolfo Gilly (*Ángeles en la revolución)*, además de su artículo «La lealtad del general solitario» en *La Jornada*.

Hay tres expedientes interesantes en el archivo Histórico de la Defensa Nacional: «Documentos correspondientes a los sucesos y defensa de La Ciudadela» (XI/481.5/89) y «Documentos de los acontecimientos ocurridos en febrero de 1913 contra Francisco I. Madero y José María Pino Suárez» (XI/481,5/88), así como la «Causa contra Félix Díaz, Ocón y compañía instruida en 1916–1917» (XI/481,5/92).

Hay algunos elementos importantes en el recuento de Rodolfo Reyes (*De mi vida, memorias políticas*), el diario de J.J.Tablada, las memorias de Vasconcelos, el cursi *Diario de Federico Gamboa*, el breve testimonio de Querido Moheno (*Mi actuación durante la Decena Trágica*) y las memorias de Alberto J. Pani (*Apuntes autobiográficos*).

La literatura ha aportado: «Oración del 9 de febrero», de Alfonso Reyes, que está en la edición del FCE de sus *Obras Completas*. Juan Tovar tiene un cuento que se llama «La plaza»; José Santos Chocano escribió un poema llamado *Sinfonía heroica*, dedicado a Madero y Pino Suárez, presuntuoso y engolado, y Luis Spota una novela: *La pequeña edad*. Quizá la mejor reconstrucción literaria es *Madero, el otro*, de Ignacio Solares. Guillaume Apollinaire en Francia escribió en el *Mercure* una crónica mexicana debida a los informes de su hermano; entre otras cosas cuenta el arresto de Gustavo Madero, con no demasiada precisión histórica, en «El bardo maderista Urueta».

Los asesinatos de Madero y Pino Suárez en *Los últimos días del presidente Madero* de Manuel Márquez Sterling. Los testimonios de los choferes en *Francisco I. Madero ante la historia*, y en los artículos de Ricardo Arizti en *La Prensa* de febrero de 1938. Además, dos artículos de Alejandro Rosas: «La muerte viaja en automóvil» y «Quien a hierro mata...», en Internet; Mateo Podán: («¿Quién mató al señor Pino Suárez?» –recorte de prensa); de Rubén García: «La declaración de Pimienta sobre el asesinato del vicepresidente Pino Suárez» (*El Nacional*, 26 febrero 1961) y «Murder *of Madero told after 18 years*» (en *The New York Times* del 19 marzo 1937); de Miguel Alessio Robles: «En consejo de ministros se discute la suerte de los prisioneros» (*El Universal*, 29 noviembre 1937); Rip rip: «La confesión del asesino de Madero» (*El Universal*, 22 febrero 1941), y de Diego Arenas Guzmán: «Los automóviles de la muerte» (*El Universal*, 20 febrero 1944).

Dos cartas importantes, la del general Manuel Mondragón dirigida a Félix Díaz, fechada en el puerto de Veracruz el 6 de junio de 1913, y la carta testamento de Pino Suárez a Serapio Rendón; copias de ambas pueden encontrarse en Internet.

Versiones de amigos y allegados a Madero y el maderismo: «Yo fui corneta de órdenes de Francisco I. Madero» (*Novedades*, 28 enero 1966); Juan Sánchez Azcona: «18 de febrero de 1938» (recorte de prensa); Aurora Ursúa (la taquígrafa de Madero): «Francisco Madero Sr. y Francisco I. Madero» (*El Nacional*, 9 agosto de 1938); «La esposa de Madero increpó duramente a Huerta echándole en cara su vil traición» (versión de Antonio Alanís, chofer del hermano de Madero en *La Prensa*, 23 febrero 1938); Luis Aguirre Benavides: «De Francisco Madero a Francisco Villa», y Rubén Morales (uno de los ayudantes militares del presidente): «Días trágicos» (*Novedades*, 22 y 24 de febrero de 1948).

Muy interesante es el libro de Luis Liceaga: *Félix Díaz*. Hay extractos de éste en *El Universal* (del 23 y 25 febrero de 1959) y en *Impacto* (8, 15 y 22 de febrero de 1961).

Entre febrero y abril de 1960, Efrén Núñez Mata publicó en *El Nacional* una serie de artículos muy detallados sobre los hechos. Resultan también útiles los artículos de Miguel Alessio Robles: «La bandera de la legalidad» (recorte de prensa de *El Universal*, 1937); Lucio Tapia: «Don Francisco I. Madero en la Decena Trágica» (*Revista del Ejército y Marina*, 20 de febrero de 1916); Armando Bartra: «John Kenneth Turner: un testigo incómodo» (en Internet); José Emilio Pacheco: «Reyes en la hora de Tienanmen» (*Proceso*, 12 de junio de 1989); Tomás Mojarro: «La situación de México intolerable»(Internet); J. Fernández Reyes: «La revolución mexicana» (Internet); «Los sucesos sangrientos de ayer» (*Nueva Era*, 10 de febrero de 1913), y «*Blanquet led coup D état*» (*The New York Times*, 20 de febrero de 1913).

Además, Manuel Servín Massieu: *Tras las huellas de Urrutia*, «Gustavo A. Madero: el hermano incómodo» (Tiempo digital, Internet); Ciro Bianchi: «Cuba quiso salvar a Madero» (Internet); Manuel Bonilla Jr.: *Diez años de Guerra, de cómo vino Huerta y cómo se fue. Apuntes para la historia de un régimen militar*; Diego Arenas Guzmán: *El régimen del general Huerta en Proyección histórica*; Horacio Labastida: *Belisario Domínguez y el Estado criminal*; María del Carmen Collado: *La burguesía mexicana, el emporio Braniff*, Emigdio S. Paniagua: *El combate de La Ciudadela narrado por un extranjero*.

Índice